ディズニーツムツムオリジナルシール♪

なまえ

なまえ

⬇かおシール

⬇でんごんシール

⬇メッセージシー

って!!

ありがとう

だいじょうぶ

びっくり!

ディズニーツムツムの大冒険
～ハラハラ！ジェットコースター～

橋口いくよ／著

★小学館ジュニア文庫★

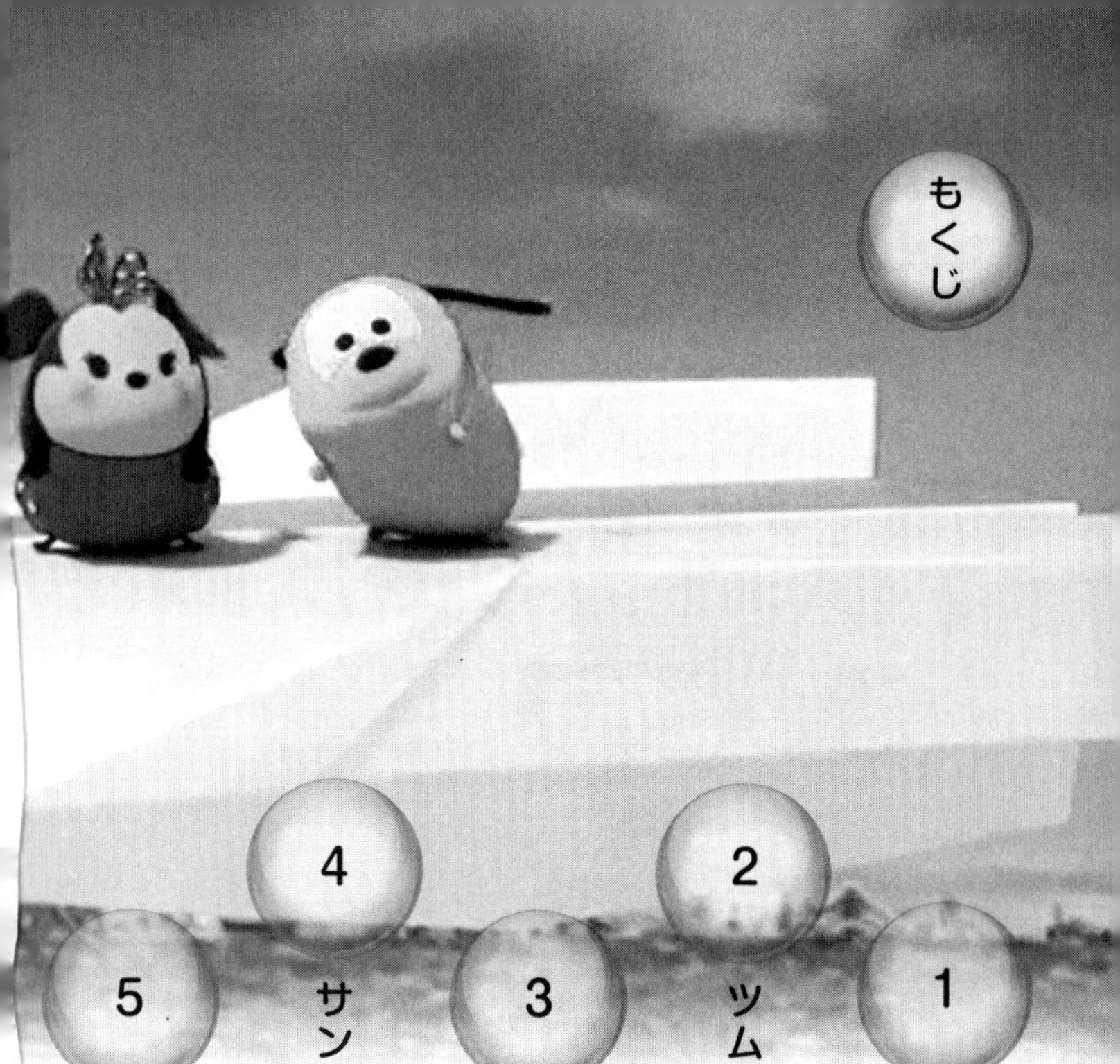

もくじ

ディズニー ツムツムの大冒険《だいぼうけん》
〜ハラハラ！ジェットコースター〜

ドナルドツム
イーヨーツム
ティガーツム
デイジーツム
グーフィーツム
スティッチツム
ピグレットツム
マリーツム
チェシャ猫《ねこ》ツム
ベイマックスツム
オラフツム
マレフィセントツム

みなさん。

おはよう、こんにちは、こんばんは。

今《いま》は、どの時間《じかん》にいますか？

何時《なんじ》でも大丈夫《だいじょうぶ》！

これから素敵《すてき》な世界《せかい》へ行《い》きましょう。

どんな場所《ばしょ》かって？

とってもわくわくして、キラキラして、でもドキドキしちゃう場所《ばしょ》。

どうやって行《い》くのでしょう。

意識《いしき》を集中《しゅうちゅう》させて、みんなの幸《しあわ》せを願《ねが》って、楽《たの》しい気持《きも》ちと、誰《だれ》かを大好《だいす》きな気持《きも》ちをいっぱいいっぱい心《こころ》の中《なか》で広《ひろ》げて、パンパンに膨《ふく》らませたら、体《からだ》はふわりと軽《かる》くなります。

気《き》づけばみーんな空《そら》の上《うえ》。

勇気《ゆうき》にポンと背中《せなか》を押《お》されたら、夢《ゆめ》の国《くに》に舞《ま》いおりて、小《ちい》さなツムツムたちとあなたの大冒険《だいぼうけん》が始《はじ》まります！

コロコロピュンピュン元気《げんき》なツムたちは、なんとくしゃみで増《ふ》えちゃうし、はりきるとビッグツムになっちゃう。

目《め》が離《はな》せないツムたちの冒険《ぼうけん》。

最終目的《さいしゅうもくてき》は、なあに？

それは記念撮影《きねんさつえい》なんだそう。

最後《さいご》に素敵《すてき》な写真《しゃしん》を撮《と》って、世界中《せかいじゅう》のみーんなに喜《よろこ》んでもらうことが幸《しあわ》せなんですって。

今日《きょう》もみんなの笑顔《えがお》のためにどこへ行《い》くのかな？

しっかりついてきて！

1

機《き》関《かん》車《しゃ》ツムツム

ツムたち、今日《きょう》は、どこかとっても楽《たの》しいところで遊《あそ》ぶのだと張《は》り切《き》っていたけれど、どこにいるのでしょう？

お家《うち》の中《なか》みたいだけれど……。

うわあ。

お部屋全体《へやぜんたい》に広《ひろ》い牧場《ぼくじょう》と、岩《いわ》がゴツゴツした山々《やまやま》、緑《みどり》の木々《きぎ》、曲《ま》がりくねった長《なが》～い線路《せんろ》と駅《えき》です。

これは、本物《ほんもの》そっくりな鉄道《てつどう》のおもちゃ！

こういうのをジオラマっていうんですって。

駅《えき》には機関車《きかんしゃ》がシュンシュンと音《おと》を立《た》てて停《と》まっています。

カチンカチンカチンカチン！

出発《しゅっぱつ》を知《し》らせる鐘《かね》が鳴《な》りました。

ミッキー、ティガー、プーさん、ミニー、デイジーはしっかり乗《の》り込《こ》んでウキウキ。

運転士《うんてんし》は、帽子《ぼうし》までかぶってえっへん得意《とくい》げなドナルドです。

プシュワ―――――！

機関車《きかんしゃ》が大《おお》きな音《おと》を立《た》てると、ゆっくりと動《うご》き始《はじ》めました。

あっ、待《ま》って！

まだ乗《の》り込《こ》んでいない子《こ》がいるみたい！

ピョンピョンピョンピョン！

えいっ！

一生懸命《いっしょうけんめい》跳《と》びながら、車両《しゃりょう》のうしろになんとか飛《と》び乗《の》ってしがみついたのは、グーフィー。

ふう。間《ま》に合《あ》った。

走《はし》り出《だ》した機関車《きかんしゃ》は牧場《ぼくじょう》のそばを、少《すこ》しずつ速度《そくど》を上《あ》げて進《すす》んでいきます。

広《ひろ》がる牧草《ぼくそう》の上《うえ》では、プルートが牛《うし》のミニチュアをきれいに並《なら》べて、牧場《ぼくじょう》ごっこ。

ミニチュアといっても、小《ちい》さくてかわいいツムたちよりぜんぜん大《おお》きい迫力《はくりょく》ある牛《うし》さんたち。

自分《じぶん》の体《からだ》の何倍《なんばい》もある牛《うし》さんを、プルートはよく頑張《がんば》ってこんなにきれいに整列《せいれつ》させましたね。

四列《よんれつ》に並《なら》んで、みんなしっかり前《まえ》を向《む》いています。

十五《じゅうご》、六頭《ろくとう》はいるでしょうか?

おや?

四列目《よんれつめ》の先頭《せんとう》、一頭《いっとう》だけ色《いろ》が違《ちが》いますね。

この紫《むらさき》っぽい色《いろ》は……イーヨーです。

イーヨーもプルートの牧場《ぼくじょう》ごっこに参加《さんか》なのですね。

プルートはちょっぴりいばった様子《ようす》で、おまえたちちゃんと言《い》うことを聞《き》くんだぞと言《い》わんばかりに笛《ふえ》を吹《ふ》きます。

ピー、ピッピッピッ！

笛《ふえ》にあわせて、イーヨーもぴしっ……のはずが、プルートの向《む》こうの景色《けしき》を見《み》つめて固《かた》まっています。

何《なに》かと思《おも》ったプルートが振《ふ》り返《かえ》ると、はぐれた牛《うし》さんが一頭《いっとう》、線路《せんろ》の踏切《ふみきり》にいたのです。

ピ――――ッピピピピ――――ッ！

プルートは思《おも》いっきり笛《ふえ》を吹《ふ》いてイーヨーに指示《しじ》を出《だ》しました。

だって、出発《しゅっぱつ》した機関車《きかんしゃ》が牧場《ぼくじょう》のそばをそろそろ通《とお》り過《す》ぎる頃《ころ》です。

急《いそ》いでイーヨーは踏切《ふみきり》に向《む》かうと、体当《たいあ》たりで牛《うし》さんを踏切《ふみきり》の外《そと》にえいっ！

ほっ……としている場合《ばあい》ではありません！

今度《こんど》はイーヨーが踏切《ふみきり》に取《と》り残《のこ》されています。

カンカンカンカンカン！

踏切《ふみきり》の鐘《かね》の音《おと》が大《おお》きくなって、機関車《きかんしゃ》が近《ちか》づいてくる音《おと》がします。

このままじゃ、イーヨーが機関車《きかんしゃ》にはねられちゃう！

運転士《うんてんし》のドナルドは気《き》づいているのでしょうか？

機関車《きかんしゃ》が速度《そくど》を落《お》とす様子《ようす》はありません。むしろさっきよりスピードが出《で》ている様子《ようす》。

ドナルドは、イーヨーの様子《ようす》に気《き》づかず運転席《うんてんせき》でとっても気分《きぶん》が良《よ》さそうに、ふんふんと首《くび》を揺《ゆ》らしていました。

カンカンカンカンカンカンカンカン！

鳴《な》り続《つづ》ける鐘《かね》の音《おと》と、近《ちか》づく列車《れっしゃ》に驚《おどろ》いてイーヨーは振《ふ》り返《かえ》ると、慌《あわ》てて飛《と》び上《あ》がって、さっき助《たす》けた牛《うし》さんの上《うえ》に着地《ちゃくち》。

ふう……。

危機《きき》一髪《いっぱつ》で助《たす》かりました。

機関車《きかんしゃ》は、シュンシュンシュコシュコ音《おと》をたてて通《とお》り過《す》ぎ、湖《みずうみ》の上《うえ》にかかる橋《はし》にさしかかったもようです。

ツムたちはご機嫌《きげん》。

ねえねえ、記念撮影《きねんさつえい》！

こっちこっち写真《しゃしん》を撮《と》って！

空《そら》に向《む》かってツムたちが手《て》を振《ふ》る先《さき》には、ダンボがいました。

今日《きょう》も、記念撮影用《きねんさつえいよう》の大切《たいせつ》なカメラを首《くび》から下《さ》げています。

さあ、素敵《すてき》な列車《れっしゃ》の旅《たび》を撮影《さつえい》しましょうか。

……と思《おも》ったら、ツムたちを乗《の》せた機関車《きかんしゃ》は、あっという間《ま》に岩山《いわやま》の中《なか》のトンネルへシュンシュンシュコシュコ入《はい》っていってしまいました。

残念《ざんねん》。

次《つぎ》のチャンスを狙《ねら》いましょう。

ダンボはトンネルの出口《でぐち》に向《む》かいますが、機関車《きかんしゃ》が速《はや》くてうまく撮影《さつえい》ができません。

シュンシュンシュンシュンポポポポシュコシュコ。

さらにリズミカルに音《おと》を立《た》てて進《すす》む機関車《きかんしゃ》。

楽《たの》しそうなみんなを、早《はや》く撮影《さつえい》してあげたいダンボです。

急《いそ》いで先回《さきまわ》りをしようとしたところで、すぐにやってきてしまった機関車《きかんしゃ》にびっくり！

カメラが首《くび》からはずれて空《そら》に舞《ま》い上《あ》がると、機関車《きかんしゃ》の上《うえ》にポン。

ダンボの大切《たいせつ》なカメラを乗《の》っけていってしまいました。

機関車《きかんしゃ》に近《ちか》づいて、必死《ひっし》にお鼻《はな》をひっかけようと伸《の》ばしますが、ギリギリのところでなかなか届《とど》かないダンボ。

ドナルド！

一旦《いったん》、列車《れっしゃ》を止《と》めて！

ダンボの大切《たいせつ》なカメラが！

ツムたちは思《おも》いましたが、機関車《きかんしゃ》の音《おと》は大《おお》きいし、何《なに》よりドナルドは相変《あいか》わらず気《き》分《ぶん》が良《よ》さそうにふんふんふんふんと首《くび》を振《ふ》っています。

このままじゃダンボの大切《たいせつ》なカメラが機関車《きかんしゃ》から落《お》っこちちゃうと気《き》づいたミッキーは、ティガーと一緒《いっしょ》に機関車《きかんしゃ》の上《うえ》に上《のぼ》りました。

しっかりつかまっていないと、コロコロと落《お》ちてしまいそう。

気《き》をつけてカメラに近《ちか》づくと、ふたりはガシッと押《お》さえます。

これでカメラはなんとか無事《ぶじ》かと思《おも》った矢先《やさき》、機関車《きかんしゃ》は曲《ま》がりくねった線路《せんろ》の上《うえ》を走《はし》り始《はじ》めました。

ミッキーとティガーは、左右《さゆう》に大《おお》きく揺《ゆ》れる車両《しゃりょう》の屋根《やね》に必死《ひっし》にしがみつきながらもカメラを守《まも》って振《ふ》り落《お》とされないように頑張《がんば》っています。

ダンボも一生懸命耳《いっしょうけんめいみみ》をはためかせ追《お》いかけますが、機関車《きかんしゃ》はそんなことにも気《き》づかず進《すす》み続《つづ》けます。

あっ！

またトンネルです！

このままじゃ、カメラだけじゃなく、ミッキーやティガーも危険《きけん》！

トンネルの入《い》り口《ぐち》に、ぶつかったら弾《はじ》き飛《と》ばされてしまいます。

そこへ、偶然《ぐうぜん》ぴょんぴょんと現《あらわ》れたのが、お散歩中《さんぽちゅう》のチップとデール！

迫《せま》り来《く》る機関車《きかんしゃ》にびっくりしながらも、チップは機転《きてん》をきかせて、線路《せんろ》を切《き》り替《か》えるレバーを全力《ぜんりょく》でえいっと押《お》しました。

ガタン！

機関車《きかんしゃ》は音《おと》を立《た》てて傾《かたむ》きながらも、ギリギリで方向《ほうこう》をかえました。

その勢《いきお》いで舞《ま》い上《あ》がったカメラをダンボがキャッチ！

でも、ミッキーとティガーは大丈夫《だいじょうぶ》？

なんとかしがみついています！

ひとまずトンネルからは逃《のが》れられたけど……またトンネルです！

しかも、このトンネルの入《い》り口《ぐち》には、なぜか『！』マークがついていますよ。

何《なに》か、何《なに》か……注意《ちゅうい》しなければならないことがあるのかもしれません。

気《き》をつけて！

ウキウキだったさすがのドナルドも、ドキドキした様子《ようす》で進《すす》みます。

トンネルを抜《ぬ》けると……そこには見上《みあ》げてしまうほどの急《きゅう》な上《のぼ》り坂《ざか》。

機関車《きかんしゃ》が進《すす》んでいくと、あまりにも急《きゅう》な坂《さか》で、ツムたちの体《からだ》はあおむけになりかけています。

カタ……カタカタ……。

ゆーっくりゆっくり上《のぼ》っていくこの感《かん》じ、音《おと》、何《なに》かに似《に》ています。

はっ。

これは、スリル満点《まんてん》のあれです！

そう！　ジェットコースター！

ツムたちはドキドキキョロキョロ。

まさか、この後《あと》、この機関車《きかんしゃ》が、本当《ほんとう》にジェットコースターに早変《はやが》わりしちゃうなんてこと、あるわけないですよね？

カタ……カタ……カタカタ……。

いえ、なんだかみんなの想像《そうぞう》が現実《げんじつ》になりそうな予感《よかん》。

カタカタカタ……カタ……カタ……カタッ。

音《おと》が止《や》み、一瞬《いっしゅん》、静《しず》けさがやってきたかと思《おも》うと……。

キャ――――――――――！

スリルに震《ふる》えるツムたちの元気《げんき》いっぱいな叫《さけ》び声《ごえ》が響《ひび》き渡《わた》りました。
機関車《きかんしゃ》は、なんとジオラマウンテンに早変《はやが》わり。
風《かぜ》をきって真《ま》っ逆《さか》さまに線路《せんろ》をすべり降《お》りていったのでした。
ツムたち、この後《あと》も楽《たの》しい機関車《きかんしゃ》の旅《たび》をお楽《たの》しみ下《くだ》さいね。
いってらっしゃ――――い。
なになに？
ダンボ、写真《しゃしん》が撮《と》れたの？
見《み》せて下《くだ》さい。
みんな、スリルにギュッと目《め》を閉《と》じてとってもいいお顔《かお》。
絶叫《ぜっきょう》ツムたちもとってもかわいいですよ！
みんなも、ジオラマウンテンへのご乗車《じょうしゃ》いかがですか？

ツム一同《いちどう》、心《こころ》よりお待《ま》ちしています。
もちろん、ダンボの記念撮影付《きねんさつえいつ》きです。

2

ツムとチョコ工場《こうじょう》

バレンタイン直前《ちょくぜん》のある日《ひ》。

待《ま》ちきれなそうな顔《かお》をしたツムたちが、光《ひかり》がもれる大《おお》きな大《おお》きな扉《とびら》の前《まえ》に並《なら》んでいました。

扉《とびら》はまるで板《いた》チョコのように深《ふか》いチョコレート色《いろ》をしています。

その扉《とびら》が開《ひら》かれると、あたたかい光《ひかり》とともにツムたちは一気《いっき》に甘《あま》くとろける香《かお》りに包《つつ》まれました。

目《め》の前《まえ》に広《ひろ》がるこの場所《ばしょ》は、魅惑《みわく》のチョコレート体験工場《たいけんこうじょう》。

チョコレート体験《たいけん》ってどんな体験《たいけん》？

チョコ作《づく》りのお手伝《てつだ》いをするのかな？

ひゅうっと真《ま》っ先《さき》に入《はい》っていったのは、みんなの楽《たの》しい写真《しゃしん》を撮《と》りたくてたまらないダンボ。

早《はや》くみんなもおいでと、耳《みみ》をはためかせます。

ツムたちは、急《いそ》いでベルトコンベアへ向《む》かいました。

そこではチョコレートマシンが大活躍《だいかつやく》。

腕《うで》のような動《うご》きをする大《おお》きなマシンがベルトコンベアの両脇《りょうわき》にあって、ガシャンガシャンと忙《いそが》しく働《はたら》いています。

丸《まる》くてつやつやしたトリュフチョコレートや、真四角《ましかく》のブロックみたいなチョコレート、大《おお》きな板《いた》チョコもありますよ。それぞれの機械《きかい》が、とろとろのチョコレートを落《お》としたり、固《かた》めたり、お砂糖《さとう》をふりかけたり、フル稼働《かどう》で大忙《おおいそが》し。

早速《さっそく》ツムたちも飛《と》び乗《の》ってお手伝《てつだ》い……のつもりが、すっかりうっとり、チョコレートをくんくんくん。

ミッキーは板《いた》チョコを食《た》べたそうにのぞき込《こ》んでいます。ドナルドやプルートは真《ま》四角《しかく》のチョコにがっしりしがみついてうっとり。ピグレットは丸《まる》くてつやつやのトリュフチョコレートに抱《だ》きついています。ダンボは、長《なが》いお鼻《はな》でチョコレートをくんくんくんとしたところで、上《うえ》からお砂糖《さとう》がふわりと降《ふ》ってきてびっくり！

プーさんはチョコを包《つつ》んだプレゼントボックスにジャンプ。はちみつ味《あじ》のチョコレートが入《はい》っているのかしら？

ミニーとデイジーは、プレゼントボックスのふんわり豪華《ごうか》なリボンの上《うえ》でぴょんぴょんぴょん。トランポリンみたいで楽《たの》しそう。

チップとデールは？

うわあ、いいなあ。

チョコのでっかいお家《うち》に入《はい》って遊《あそ》んでいます。

ホワイトチョコで窓枠《まどわく》や屋根《やね》がきれいにふちどられている、かわいくてロマンティックなお家《うち》です。カラフルなチョコボールがあちこちのせられていて、わくわくしちゃう。てっぺんには、ミルクたっぷりのチョコレートでできた旗《はた》が飾《かざ》られていますね。

チップは玄関《げんかん》の扉《とびら》を開《あ》けて、こんにちは。

中《なか》は、家具《かぐ》もチョコでできているのかな？

きっと、さぞかし甘《あま》い香《かお》りがするんでしょうね。

大《おお》きなお家《うち》を、お城《しろ》のように支《ささ》えているのは、まあるいトリュフチョコレート。レンガのようにたくさん連《つら》なっています。

デールはお家《うち》から飛《と》び出《だ》して、トリュフチョコの前《まえ》で深呼吸《しんこきゅう》。

いい香《かお》り〜。

もっと近《ちか》くで嗅《か》ぎたいな。

デールはトリュフチョコをひとつぶポンと引《ひ》っ張《ぱ》って、全身《ぜんしん》で抱《だ》きしめました。

ふわ——っ。

体《からだ》の奥《おく》までチョコの風《かぜ》が届《とど》きます。

コロン。

コロコロコロン。

なんでしょう？
何《なに》かが転《ころ》がる音《おと》がしてきました。

大変《たいへん》！

デール、振《ふ》り返《かえ》って！
後《うし》ろ！
お家《うち》を支《ささ》えていたたくさんのトリュフチョコが、バランスを崩《くず》してボールのように
あちこちにコロコロ転《ころ》がり始《はじ》めていたのです。
いくつかはなんとかお家《うち》を支《ささ》えていましたが、それが一斉《いっせい》に転《ころ》がり始《はじ》めて、お家《うち》が
車《くるま》みたいに動《うご》き始《はじ》めました。
デールはほっぺにチョコをつけたまま、目《め》が飛《と》び出《だ》しそうなほど驚《おどろ》いて、走《はし》り出《だ》し

ます。

トリュフボールは無数《むすう》に転《ころ》がってきて、デールにぶつかりそうになりながら追《お》い越《こ》していきます。なんだかもう、どれがトリュフボールでどれがデールかわかりません。

転《ころ》がるようにデールは走《はし》り続《つづ》けましたが、キキキキキ————ッ！

崖《がけ》です！

ベルトコンベアの先《さき》が崖《がけ》になっているとは思《おも》いませんでした。

しかも、行《い》き止《ど》まった先《さき》は、チョコレートの海《うみ》！

トリュフボールは、次《つぎ》から次《つぎ》にチョコレートの海《うみ》に飛《と》び込《こ》んでいきます。

振《ふ》り返《かえ》ると、チップをのせたチョコの家《いえ》がものすごい速《はや》さでこちらに近《ちか》づいてくるのが見《み》えました。

背中《せなか》はチョコの海《うみ》、前《まえ》には迫《せま》り来《く》る大《おお》きなチョコの家《いえ》。

デール、どうする⁉

ゴロゴロゴロゴロゴロゴロゴロゴロ。

音《おと》を立《た》ててお家《うち》はスピードを上《あ》げ、デールにドーーーーンとぶつかりながら一緒《いっしょ》にチョコの海《うみ》へドボーーーーン。

チップは、危機《きき》一髪《いっぱつ》でお家《うち》から飛《と》び出《で》て無事《ぶじ》でした。

デールは、沈《しず》みゆくお家《うち》をよじ登《のぼ》って必死《ひっし》です。

屋根《やね》のてっぺんで震《ふる》えているデール。

なんとかしてあげなくちゃ。

誰《だれ》か、デールを助《たす》けて！

お家《うち》が全部《ぜんぶ》沈《しず》んだら、デールまで沈《しず》んじゃう。

ミッキーたちが気《き》づいて走《はし》り出《だ》しましたが、とてもとても間《ま》に合《あ》わない距離《きょり》です。

もうダメかもしれない。

そう思《おも》った瞬間《しゅんかん》……。

ウィーーーン！

チョコレートマシンが、腕《うで》を伸《の》ばすようにしてチョコの海《うみ》に伸《の》びていきました。

先《さき》っぽを指《ゆび》のように使《つか》ってむにゅっとデールをはさんだ瞬間《しゅんかん》、お家《うち》はボコボコボコッとチョコの海《うみ》に消《き》えていきました。

あと一秒《いちびょう》でも遅《おそ》かったら、デールはチョコの海《うみ》で溺《おぼ》れていたことでしょう。

ウィーーーン！

チョコむにゅマシンは、デールを優《やさ》しくむにゅっとはさんだまま引《ひ》き上《あ》げて、また方向《ほうこう》をかえてウィーン！

無事《ぶじ》コンベアの上《うえ》にポン。

操作《そうさ》をしていたのはチップでした。

矢印《やじるし》マークのついたボタンに右《みぎ》へ左《ひだり》へ上《うえ》へ下《した》へ、ぴょん、ぴょん、と器用《きよう》に乗《の》って、チョコむにゅマシンを、動《うご》かしてくれていたのです。

デール、本当《ほんとう》に良《よ》かったね！
ミッキーたちも急《いそ》いで走《はし》ってきて、デールに声《こえ》をかけようとした時《とき》です。

かちゃり。

ボタンを押《お》す小《ちい》さな音《おと》がした瞬間《しゅんかん》、工場内《こうじょうない》が真《ま》っ赤《か》な光《ひかり》に包《つつ》まれました。
ウォーン！　ウォーン！　ウォーン！　ウォーン！
これは、緊急事態《きんきゅうじたい》を知《し》らせる音《おと》？
ミッキーたちが振《ふ》り返《かえ》ると、真《ま》っ赤《か》に光《ひか》るボタンの上《うえ》に乗《の》ったプルートが！
ねえ？
それ、何《なん》のボタン？
プシュワ――――――！

工場《こうじょう》の真《ま》ん中《なか》にある、チョコマシンの心臓部《しんぞうぶ》が大《おお》きな音《おと》を立《た》てたと同時《どうじ》に、チョコむにゅマシンたちが、号令《ごうれい》をかけられたかのようにシャキンと素早《すばや》い動《うご》きになって、腕《うで》の先《さき》っぽをツムたちに向《む》けます。

はしゃぎすぎて、怒《おこ》らせボタンを押《お》しちゃったかな？

嫌《いや》な予感《よかん》……。

ツムたちは、急《いそ》いで逃《に》げ出《だ》しました。

でも、捕《つか》まってしまうのはあっという間《ま》。

次《つぎ》から次《つぎ》にツムたちは、チョコむにゅマシンにむにゅっむにゅっと捕《つか》まっていきます。

でも、ぜんぜん痛《いた》くなさそう。

そりゃあ、そうです。

普段《ふだん》はチョコを大切《たいせつ》に扱《あつか》うマシンなのですから。

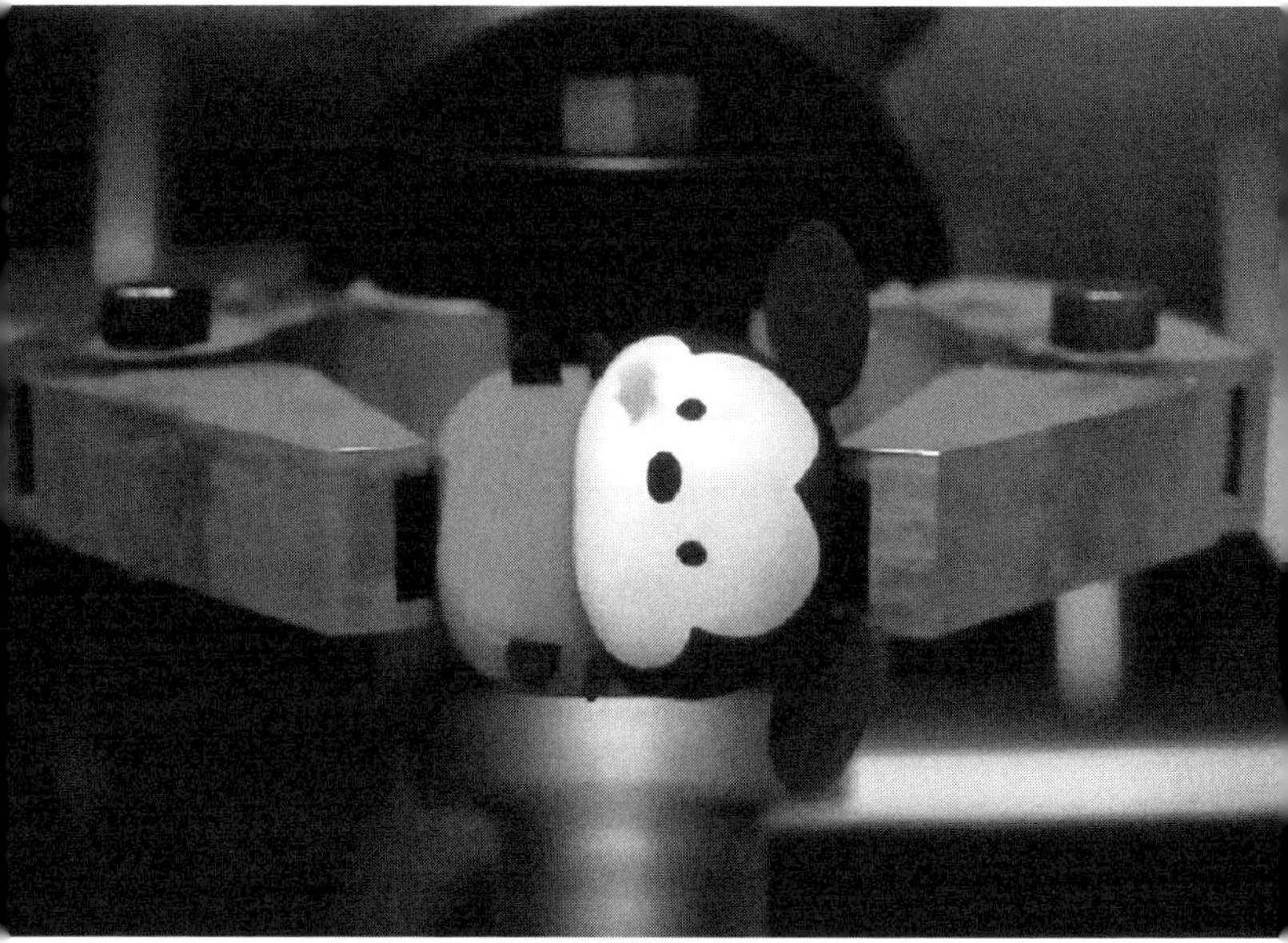

むにゅ、むにゅん。

ミッキーは、サイズを測《はか》られるようにしてチョコむにゅマシンにくるくるっと回《まわ》され、ゆっくり運《はこ》ばれていきます。

他《ほか》のツムたちも、同《おな》じようにどこかへ運《はこ》ばれていきました。

みんな、それぞれどこへ行《い》くの？

ウィーン、ガシャン。

ドナルドとチップは一緒《いっしょ》の場所《ばしょ》に連《つ》れていかれるみたい。

そっちのほうは、さっきデールがお家《うち》と一緒《いっしょ》にチョコの海《うみ》に……。

まさか……。

ウィーン、ガシャン、ウィーン、ガシャン、ウィーン、ガシャン。

……とぽん。

ドナルドとデールは、チョコの海《うみ》につけられてしまいました。

ウィーン。

引《ひ》き上《あ》げられると、全身《ぜんしん》をチョコでコーティングされてしまったドナルドとデールの姿《すがた》が。チョコツムに大変身《だいへんしん》です。

他《ほか》のみんなは？

プシューン！

あっちのほうで音《おと》がします。

これは、四角《しかく》い形《かたち》のチョコを作《つく》るマシンみたいですが……。

パカリと型《かた》が開《ひら》いた瞬間《しゅんかん》、出来立《できた》てのチョコの真《ま》ん中《なか》にペリペリペリッとヒビが入《はい》ってペリーが顔《かお》を出《だ》しました。

なんだかペンギンさんみたいですね。

あらら、もしかして、みんなチョコになっちゃうの？

向《む》こうでは、プルートがレンガの形《かたち》をしたチョコの中《なか》から顔《かお》を出《だ》して、まわりをライオンのたてがみのようにチョコの花《はな》びらで飾《かざ》られています。何《なに》をされているのかさっぱりわからない様子《ようす》でキョロキョロ。

ミニーとデイジーは、大《おお》きな薔薇《ばら》の形《かたち》をしたチョコの上《うえ》にポンと飾《かざ》られました。とってもゴージャス！

ミッキーとプーさんは、かっこいい髪型《かみがた》つきのチョコハットを被《かぶ》せられています。似《に》合《あ》ってる！

みんなチョコに包《つつ》まれてかわいいけど、でも、これはいったい何《なん》のため？

ベルトコンベアやチョコむにゅマシンで、ツムたちが運《はこ》ばれていった先《さき》では、マシンが何台《なんだい》も忙《いそが》しく動《うご》いていました。

ウィーン、むにゅっ、ウィーン、むにゅっ。

何《なに》を作《つく》っているのかな？

わあ。

チョコレートツムハウスです。

ドナルドやチップとデール、ピグレットたちのまんまるトリュフツムレンガが重《かさ》なる上《うえ》に、立派《りっぱ》なお家《うち》が建《た》っています。

二階《にかい》の四角《しかく》い窓《まど》からはペリーチョコが顔《かお》をのぞかせ、玄関《げんかん》の真上《まうえ》には、まるでシンボルライオンのようにプルートチョコがガオー。ほっぺのあたりにチョコがついていてちょっぴりまぬけでキュートです。ミニーとデイジーはお庭《にわ》に咲《さ》いた大《おお》きな美《うつく》しきローズチョコ。ミッキーとプーさんは、お家《うち》を守《まも》る頼《たの》もしい衛兵《えいへい》です。

それにしても、どうしてみんなチョコになっちゃったんだっけ？

そうでした。

ここは、魅惑《みわく》のチョコレート体験工場《たいけんこうじょう》。

でも、トリュフには追《お》いかけられちゃうし、お家《うち》と一緒《いっしょ》にチョコの海《うみ》に飛《と》び込《こ》んだり、最後《さいご》はみーんなチョコレートになっちゃうなんて、スリル満点《まんてん》の体験工場《たいけんこうじょう》ですね。

ツムたちが行《い》く場所《ばしょ》には、不思議《ふしぎ》なことがいっぱい。

でも、なんでチョコレート体験工場《たいけんこうじょう》に行《い》こうなんて思《おも》ったの？

え？

このお家《うち》はみんなへのバレンタインプレゼント？

ダンボがひらひらと飛《と》んできて、甘《あま》い香《かお》りに包《つつ》まれながらチョコレートツムハウスをパシャリ！

そうか、この写真《しゃしん》をみんなにプレゼントしたかったんだね。

写真《しゃしん》の中《なか》からも、あま〜くこっくりしたチョコの香《かお》りがしてきそう。

ということで……。

全力《ぜんりょく》でチョコレートになったツムたちの気持《きも》ち、どうか受《う》け取《と》って下《くだ》さい！

あなたのこと、大好《だいす》きです。

ですって。

この愛《あい》、受《う》け取《と》ってくれた人《ひと》は、チョコを食《た》べるたびに、ツムたちのことを大好《だいす》きだよって思《おも》い出《だ》してね。

あまーいハートのお返《かえ》しがツムたちにきっと届《とど》いて、大喜《おおよろこ》びですよ。

3

ツムのプレゼント宅《たく》配《はい》

街中《まちじゅう》が寝静《ねしず》まる夜《よる》。

ふわふわの綿菓子《わたがし》みたいな真《ま》っ白《しろ》い雪《ゆき》の上《うえ》を、するするひゅんひゅん気持《きも》ちのいい音《おと》を立《た》ててソリがやってきます。

夜空《よぞら》に鈴《すず》の音《ね》が響《ひび》きわたって、空《そら》を舞《ま》う雪《ゆき》はそれにあわせてまるで踊《おど》っているみたい。

ソリには、今《いま》にもこぼれ落《お》ちそうなほどたくさんのプレゼント。

よーく見《み》ると、ソリをリズミカルに引《ひ》いているのは、ツムたち！

先頭《せんとう》はさすが、息《いき》がぴったりチップとデール。その後《うし》ろにプルートやピグレット、ペリーとプーさんも続《つづ》きます。

みんなトナカイの角《つの》をつけて大《おお》はりきり。

となると、このソリに乗《の》っているのは⁉

ミッキーサンタです！

風《かぜ》をきって走《はし》るソリに、ミッキーサンタはごきげん。

ふんふんとリズムをとるように首《くび》を左右《さゆう》に振《ふ》っています。

真《ま》っ赤《か》なサンタ帽《ぼう》も、真《ま》っ白《しろ》なおひげも似合《にあ》ってる。

今夜《こんや》は、世界中《せかいじゅう》にクリスマスが訪《おとず》れる夜《よる》。

ミッキーサンタは、子供《こども》たちのために大忙《おおいそが》しなのです。

さあ、ソリが雪《ゆき》をきゅいっと鳴《な》らして止《と》まりましたよ。

目《め》の前《まえ》には大《おお》きなお家《うち》。

プレゼントを届《とど》けなくっちゃ。

ソリから飛《と》び降《お》りたミッキーサンタは、まあるいクリスマスリースのかかったドアを見上《みあ》げます。

うーん。

ドアは閉《し》まっていて入《はい》れません。

ミッキーが悩《なや》んでいると、ひらひらと耳《みみ》をはためかせながらダンボが飛《と》んできました。

ダンボは、いつもツムたちの頑張《がんば》りを写真《しゃしん》におさめる担当《たんとう》です。

今日《きょう》も、首《くび》からはカメラがぶら下《さ》がっています。

そんなダンボが、まだ記念撮影《きねんさつえい》タイムじゃないのにミッキーに何《なに》か言《い》っています。

ダンボが見《み》つめる先《さき》には……煙突《えんとつ》。

サンタといえば、煙突《えんとつ》からお家《うち》に入《はい》るのがお決《き》まり。

早速《さっそく》ツムたちは、ソリごと煙突《えんとつ》に飛《と》び込《こ》もうと全員《ぜんいん》で力《ちから》をあわせてジャンプしてみることにしました。

空飛《そらと》ぶソリになっちゃおう。

いきますよー！

せーの、ジャンプ！

ジャンプ！

ジャンプ……。

うーん。むずかしいみたい。


しゅん。


子供《こども》たちにプレゼントを届《とど》けたいミッキーが、足元《あしもと》を見《み》つめてちょっぴり元気《げんき》をなくしかけた時《とき》、何《なに》やら音《おと》が聞《き》こえているのに気《き》づきました。

キーコ、キーコ、キーコ。

きょろきょろとあたりを見渡《みわた》したミッキーは、何《なに》かを見《み》つけてぴゅんとひらめいたお顔《かお》に！

ミッキーが見《み》つめる先《さき》には、大《おお》きな木《き》にぶら下《さ》がったブランコが風《かぜ》に揺《ゆ》れてキーコキーコと音《おと》を立《た》てていました。

よーし、この作戦《さくせん》でいこう！

ミッキーはツムたちを見《み》つめてうなずきます。

まずはブランコにソリとミッキーを乗《の》っけて、準備完了《じゅんびかんりょう》。

ボンッとビッグツムになったチップとデールが前《まえ》と後《うし》ろでぼよんぼよんとブランコに体当《たいあ》たりをして揺《ゆ》らします。

さすがチップとデール。やっぱり息《いき》ぴったり。

それに、ビッグツムはパワーもビッグ！

これなら、ブランコの勢《いきお》いで煙突《えんとつ》に届《とど》きそう。

チップとデールはボヨンボヨンと体当《たいあ》たりをしながら、頑張《がんば》ってブランコを揺《ゆ》らします。

ぼよん、ぼよん、ぼよん、ぼよん、ぼよーん、ぼよ――――ん、ぼよ――――ん、ぼよーーーん。

いい感《かん》じ！

ブランコに勢《いきお》いがついてきました。

ぼよーーーん、ぼよーーーーん。

せーの、今《いま》だ。

ぼよーーーーーーーーん！

思《おも》いっきり揺《ゆ》れたブランコが高《たか》く高《たか》く上《あ》がった瞬間《しゅんかん》、ソリがふわりと空《そら》を飛《と》んでいきます！

届《とど》け！

このまま煙突《えんとつ》へ！

どすん！

あららら。
煙突《えんとつ》に届《とど》く前《まえ》に、真《ま》っ白《しろ》な雪《ゆき》の上《うえ》に落《お》ちてしまいました。
失敗《しっぱい》です。
ミッキーサンタのお顔《かお》から何《なに》かがペリッ。
落《お》ちた勢《いきお》いで、せっかくお似合《にあ》いのおヒゲまで取《と》れちゃいました。
くすくすっ。
ダンボがひらひらと飛《と》びながら笑《わら》っています。
もう。こっちは一生懸命《いっしょうけんめい》なんだから。
ミッキーは〝空飛《そらと》ぶダンボ〟を見《み》てプンプン。

ん？

空飛《そらと》ぶダンボ？
もう一度《いちど》言《い》ってみましょう。
空飛《そらと》ぶダンボ……。
よろしければ、心《こころ》の中《なか》でだけでもいいので、みんなも一緒《いっしょ》にせーの。

空飛《そらと》ぶダンボ！

あっ！
みんなの声《こえ》が届《とど》いたのか、ミッキーがまたまた何《なに》かひらめいたみたい。
跳《は》ねながらダンボに全身《ぜんしん》で何《なに》か言《い》ってます。
なになに？

ダンボが……煙突《えんとつ》に入《はい》って……お家《うち》の中《なか》から……二階《にかい》の窓《まど》の鍵《かぎ》を開《あ》けたらいいんじゃない？

そう言《い》っているみたい。

なるほど。

確《たし》かにそれはとってもいいアイデア。

ダンボは目《め》を丸《まる》くして驚《おどろ》いています。

煙突《えんとつ》を通《とお》るのは不安《ふあん》なのかもしれません。

だって、きっと汚《よご》れてしまいますもの。

心《こころ》が不安《ふあん》になると、ちょっぴり自信《じしん》もなくなってきて、ダンボも困《こま》り顔《がお》。

でも、空《そら》を飛《と》べるのはダンボだけ。

ここは、ダンボに頑張《がんば》ってもらうしかないのです。

お願《ねが》い、ダンボ！

ミッキーは、ダンボをじっと見《み》つめうなずきます。

ソリを引《ひ》いてきたツムたちも、同時《どうじ》にうなずきました。

やるしかない。

ダンボが心《こころ》を決《き》めたように、でもやっぱりちょっぴり困《こま》り顔《がお》でひらひらと飛《と》んで煙《えん》突《とつ》に入《はい》っていった瞬間《しゅんかん》、小《ちい》さな叫《さけ》び声《ごえ》が聞《き》こえました。

ダンボ！

ツムたちは急《いそ》いでツムタワーを作《つく》って、二階《にかい》まで積《つ》み上《あ》がります。

てっぺんには、ミッキーサンタ。

窓《まど》までたどり着《つ》くと、中《なか》には暖炉《だんろ》が見《み》えました。

ダンボはどこ？

ドスン！

暖炉《だんろ》のほうで音《おと》がしたかと思《おも》うと、灰色《はいいろ》の煙《けむり》がもくもくと出《で》てきました。
ダンボは無事《ぶじ》!?
小《ちい》さな煙《けむり》のかたまりが、窓《まど》にふわふわと近《ちか》づいてきます。
ん？
煙《けむり》のかたまりではありません。
煙突《えんとつ》のすすにまみれたダンボです。
良《よ》かった！
でも、あちこち灰《はい》だらけ。
なのに、嫌《いや》な顔《かお》ひとつせずに、笑顔《えがお》で鍵《かぎ》をカチャリ。
ダンボは、すすまみれのまま器用《きよう》に鼻《はな》でひょいと鍵《かぎ》を開《あ》けて、窓《まど》も開《あ》けてくれました。

ありがとう、ダンボ。本当《ほんとう》にがんばったね！

さてさて、いよいよ作業開始《さぎょうかいし》！

あっ！

中《なか》では、ミニーをリーダーにプレゼント隊《たい》のツムたちが待《ま》っていました。

グーフィー、ドナルド、イーヨー、ミニー、スティッチ、ティガー、オラフ。みんな勇《いさ》ましいお顔《かお》！

ミッキーサンタたちが来《く》るのを、みんなで先回《さきまわ》りして待《ま》ってくれていたみたいです。

頼《たの》もしくて、いい仲間《なかま》を持《も》ったね！　ミッキー。

プレゼント隊《たい》は、ツリーをチカチカと飾《かざ》るカラフルな電球《でんきゅう》を手際《てぎわ》よくはずして、ダンボに手伝《てつだ》ってもらいながら、窓《まど》のドアにひっかけました。

何《なに》をするつもりなのでしょう？

傘《かさ》の柄《え》のように、きゅいっとまあるく曲《ま》がったキャンディーケーンをそれに引《ひ》っ掛《か》けてぶら下《さ》がると、先頭《せんとう》をミニーがすべり降《お》りていきます。そこへすぐにオラフが続《つづ》き、その後《うし》ろからは、リボンを器用《きよう》に引《ひ》っ掛《か》けたプレゼントが次《つぎ》から次《つぎ》に降《お》りていきました。

キラキラと光《ひか》るプレゼントロープウェイがとってもきれい。

なーんて、のん気《き》なことは言《い》ってられません。

早《はや》くしないと朝《あさ》が来《き》ちゃう。

世界中《せかいじゅう》の子供《こども》たちが待《ま》っているのですから、急《いそ》がなくちゃ。

すべり降《お》りてきたたくさんのプレゼントを、ツムたちは背中《せなか》にのせ、ころころと転《ころ》がって、ツリーの下《した》へはこびます。

それにしてもすごいスピード！

あっという間《ま》に、プレゼント設置完了《せっちかんりょう》!?

いえいえ暖炉《だんろ》の横《よこ》には、大《おお》きな靴下《くつした》も三《みっ》つぶら下《さ》がっていますよ。

そこにもしっかりプレゼントを入《い》れて、靴下《くつした》から落《お》ちてしまわないように、ツムたちはそっとジャンプして押《お》し込《こ》みました。

よーし、今度《こんど》こそ完了《かんりょう》！

だーれも起《お》きないうちに、急《いそ》いで外《そと》に出《で》ますよ！

撤収《てっしゅう》！

ツムたちは、一斉《いっせい》に窓《まど》に向《む》かい、飛《と》び上《あ》がって出《で》ていきました。

あざやか！

あとは、ダンボが中《なか》から鍵《かぎ》をしっかり閉《し》めて、お家《うち》の安全対策《あんぜんたいさく》もばっちり！

ん？

ソリに戻《もど》る途中《とちゅう》、あることに気《き》づいてツムたちは振《ふ》り返《かえ》ります。

ダンボを中《なか》に残《のこ》してきちゃった。

どうしましょう。
ダンボは暖炉《だんろ》に向《む》かってヒラヒラと飛《と》んでいきました。
しばらくすると……煙突《えんとつ》のてっぺんからすすの塊《かたまり》がふわふわふわあ……と思《おも》ったら、
ダンボ。
また煙突《えんとつ》をつたって戻《もど》ってきたんだね。
本当《ほんとう》におつかれさまです。
ありがとうダンボ。
あらら、また汚《よご》れちゃった。
そんなに、灰色《はいいろ》になっちゃって。
でも、ダンボのおかげで、プレゼントをしっかり届《とど》けることができたよ。

ハックション！

ダンボが煙突《えんとつ》のすすのせいで大《おお》きなくしゃみをした瞬間《しゅんかん》、ダンボツムが一気《いっき》にいっぱい増《ふ》えました！

ツムたち、わくわくの笑顔《えがお》で全員《ぜんいん》ソリに乗《の》り込《こ》みます。

でも、ソリは誰《だれ》が引《ひ》くの？

トナカイの角《つの》をつけたダンボツムたちです！

ソリは、ふわりと空《そら》を舞《ま》い上《あ》がり、子供《こども》たちが待《ま》つ次《つぎ》の街《まち》へまっすぐに飛《と》び立《た》っていきました。

素敵《すてき》な記念撮影《きねんさつえい》は、空《そら》の上《うえ》でしましょうか。

はいチーズ！

あっ、さっきのお家《うち》の窓《まど》に、人影《ひとかげ》が写《うつ》っています。

これは、プレゼントにきっと大喜《おおよろこ》びですよ。

ソリに乗《の》ったツムたちも、空《そら》が気《き》持《も》ち良《よ》さそうににっこり笑顔《えがお》。

ダンボは、ミッキーサンタとツムたちへ、夢《ゆめ》みたいに空《そら》を飛《と》ぶ旅《たび》と最高《さいこう》の記念写真《きねんしゃしん》をプレゼントしてくれましたね。

みんな本当《ほんとう》に嬉《うれ》しそう。

ダンボって、まるでツムたちの願《ねが》いを叶《かな》えてくれるサンタさんみたい。

こうしてみーんながサンタさんみたいな気《き》持《も》ちになれば、きっと誰《だれ》もが幸《しあわ》せになれるに違《ちが》いありません。

今《いま》、あなたがそこにいる時間《じかん》が、もしもクリスマスじゃなくても、今《いま》だけはクリスマスみたいな気《き》持《も》ちで、サンタさんの気《き》持《も》ちを想像《そうぞう》して、世界《せかい》が幸《しあわ》せだったらいいなあ、誰《だれ》かの心《こころ》があったかくなればいいなあって思《おも》ってみてはどうでしょう。

きっと、世界《せかい》のどこかに、あなたのこともそんなふうに思《おも》ってくれている誰《だれ》かがいるはずですよ。

ね？　ツムたち！

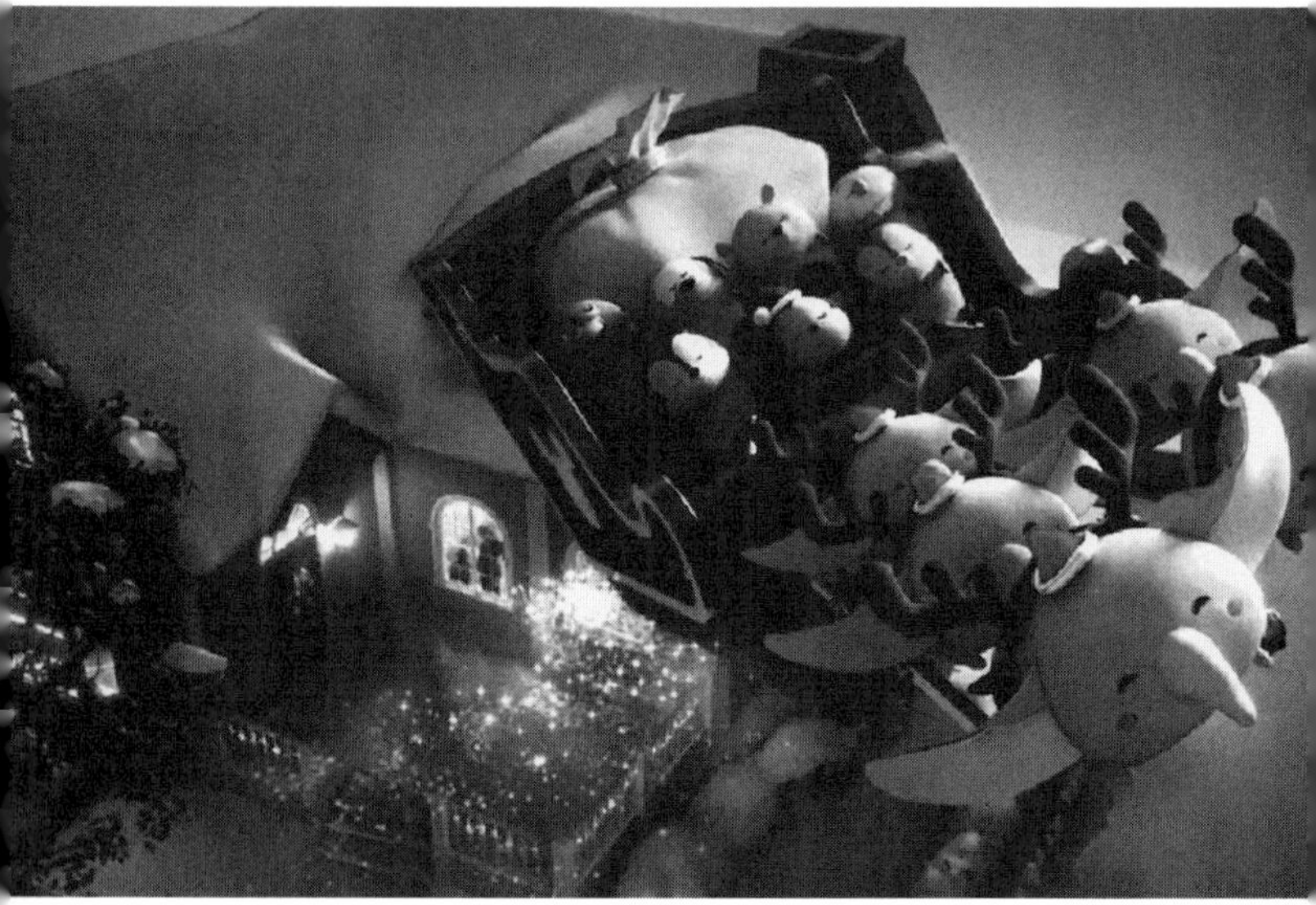

4

サンドイッチ積《つ》むツム

みんな、そろそろお腹《なか》が空《す》きませんか？

今日《きょう》のツムたちは、お腹《なか》を空《す》かせながらも忙《いそが》しそうに動《うご》いています。

キッチンで、何《なに》やらやることがあるんですって。

クロスがかかったテーブルの上《うえ》には、三《みっ》つのお皿《さら》。

左側《ひだりがわ》には、ジューシーなトマトと、ぱりぱりっと歯《は》ごたえの良《よ》さそうなきゅうりが、きれいにスライスされて交互《こうご》に積《つ》み上《あ》げられています。そばにいるティガーの手《て》にもきゅうりトマトセットがありますね。

なるほど、こちらは〝ジューシーぱりぱり〟チームですね。

右側《みぎがわ》には、緑色《みどりいろ》でしゃきしゃきフレッシュなレタスとチーズが交互《こうご》に積《つ》み上《あ》げられています。そばではミッキーが、真剣《しんけん》な顔《かお》でレタスとチーズを持《も》っていますね。

なるほど、こちらは〝しゃきしゃきスライス〟チームですね。

真《ま》ん中《なか》のお皿《さら》には、トーストした食《しょく》パン。その上《うえ》には、レタス、チーズ、トマト、きゅうりがのっかってその上《うえ》からまたトーストがのせられています。

これは、サンドイッチ！

サクッとこんがりトーストされたパンに、フレッシュなお野菜《やさい》がはさまれたサンドイッチを、大《おお》きなお口《くち》でパクッといったら、とってもいい音《おと》がしそうです。

食《た》べたいなあ。

ん？

サンドイッチの上《うえ》に、まだ何《なに》かありますね。

これは何《なん》のお野菜《やさい》でしょう。

まあるくて、真《ま》ん中《なか》にぴょこんとアンテナみたいなものがあって、目《め》が、いち、に、さん……。

目《め》が三《みっ》つ！
といえば……リトル・グリーン・メン！
うっかりお野菜《やさい》と間違《まちが》えるところでした。
でも、どうしてリトル・グリーン・メンがサンドイッチの上《うえ》にいるのでしょう。

ピピ――――――ッ！

大《おお》きな笛《ふえ》の音《おと》がキッチンに響《ひび》き渡《わた》ります。
向《む》こうには、たくさんの食《しょく》パンの前《まえ》に立《た》つ勇《いさ》ましい顔《かお》をしたドナルド。
その隣《となり》には、まるで大砲《たいほう》のように斜《なな》めに構《かま》えたトースターがありました。
中《なか》には食《しょく》パンが設置《せっち》されています。
ドナルドは、リトル・グリーン・メンに照準《しょうじゅん》をあわせて、トースターの位置《いち》を正確《せいかく》に調整《ちょうせい》。

まさか、そこからパンを飛《と》ばすつもり？

いけ――――――っ！

ドナルドが合図《あいず》をすると、トースターからパンが飛《と》び出《だ》してリトル・グリーン・メンのほうへ飛《と》んでいきます。

いくら軽《かる》いトーストでも、小《ちい》さなツムに当《あ》たったら吹《ふ》き飛《と》ばされてしまいそう。

気《き》をつけて！


ぴょん！


リトル・グリーン・メンは飛《と》び上《あ》がりました。

その瞬間《しゅんかん》、ティガーはジューシーぱりぱりセットを、ミッキーはしゃきしゃきスライスセットを、素早《すばや》くリトル・グリーン・メンの下《した》にすべり込《こ》ませます。

そこへ、トースト砲《ほう》がポーンと飛《と》んできて、すかさずリトル・グリーン・メンはパンを全身《ぜんしん》で押《お》さえながら着地《ちゃくち》！

大成功《だいせいこう》です！

サンドイッチがこれで二段《にだん》になりました。

なるほど。これでサンドイッチを積《つ》み上《あ》げていくんだね。

次《つぎ》から次《つぎ》にツムたちが転《ころ》がってきて、ジューシーぱりぱりセットチームと、しゃきしゃきスライスセットチームの下《した》に入《はい》り込《こ》み、ティガーとミッキーを上《うえ》に押《お》し上《あ》げてお手伝《てつだ》い。

ツムたちは、サンドイッチの高《たか》い高《たか》いタワーを作《つく》る気《き》なのですね。

ドナルドは、その目標達成《もくひょうたっせい》のため、強気《つよき》にトースト砲《ほう》をボンボン連射《れんしゃ》です。

そのたびに、リトル・グリーン・メンは器用《きよう》に飛《と》び上《あ》がります。

ポ──────────ンッ！
ぴょん！
ポ────────ンッ！
ぴょん！
ポ──────ンッ！
ぴょん！
ポ────ンッ！
ぴょん！
ポ──ンッ！
ぴょん！
ポンッ！
ぴょん！

ポンッ！

ぴょん！

ポンッ！

ぴょん！

ポ！

ぴょ！

ポ！

ぴょ！

ポ！

ぴょ！

スピードが上《あ》がるごとに、トースト砲《ほう》とリトル・グリーン・メンのジャンプのタイミングもばっちり。

お野菜《やさい》も美《うつく》しくはさまれていきます。

それにしても、どれがリトル・グリーン・メンなのかレタスなのかもわからなくなるほど、ものすごい速《はや》さで、トースト砲《ほう》が飛《と》んできています。

サンドイッチタワーは猛《もう》スピードでどんどん高《たか》くなるけれど……。

そんなに高《たか》く積《つ》んで大丈夫《だいじょうぶ》？

ツムたちの目標《もくひょう》は、いつだって高《たか》く高《たか》く。

毎日《まいにち》が冒険《ぼうけん》。

誰《だれ》もやらないことに挑戦《ちょうせん》したいんですって。

確《たし》かに、自分《じぶん》の体《からだ》の何倍《なんばい》もあるサンドイッチを高《たか》く積《つ》み上《あ》げていくなんて、なかなかに難《むずか》しいことですもの。ツムたちぐらいしか思《おも》いつかないかもしれませんね。

休《やす》む暇《ひま》なくポポポポポポポポ飛《と》びまくってくるトースト砲《ほう》に負《ま》けないよう、ツムたちはすごいチームワークで、サンドイッチを積《つ》み重《かさ》ねていきます。

息《いき》をするのも忘《わす》れそう。

ポーーーン！

最後《さいご》のトーストが飛《と》んできて、キッチンにはやっと静《しず》けさが。


ピピーーーーーーーーーーーーッ！


ドナルドが笛《ふえ》を吹《ふ》いて、サンドイッチタワーの製作《せいさく》は終了《しゅうりょう》！

ツムたちが見上《みあ》げる先《さき》には、高《たか》く高《たか》く積《つ》み上《あ》げられたサンドイッチタワーが。

小《ちい》さなツムたちからすれば、もうそれは大都会《だいとかい》にある数十階建《すうじっかいだ》てのビルぐらいはあります。

これが全部《ぜんぶ》トーストとお野菜《やさい》でできているなんて、びっくり。

ほんの少《すこ》しでもお野菜《やさい》のバランスが崩《くず》れたら、一気《いっき》に倒《たお》れてきてしまいそう。

こんな高度《こうど》な技《わざ》が実現《じつげん》できたのも、ツムたちの力《ちから》とチームワークのたまもの。

誰《だれ》が欠《か》けてもできあがらなかったね。

ミッキーがみんなを見渡《みわた》すと、サンドイッチタワーの奥《おく》から、小《ちい》さな声《こえ》が聞《き》こえてきました。

ん？

しゃべるサンドイッチ？

サンドイッチタワーをミッキーがじーっと見《み》てみると……。

！

リトル・グリーン・メンが、タワーの上《うえ》のほうでサンドイッチにはさまれてしまっていました。

どうしましょう。

ミッキーが焦《あせ》りかけた時《とき》でした。

リトル・グリーン・メンは、そっと気《き》をつけながらビッグツムに変身《へんしん》して前《まえ》へまっすぐピューンと飛《と》び出《で》てきます。

お皿《さら》に残《のこ》っていたチーズとレタスの上《うえ》にぴょんと降《お》りてきて、ほっ。

危《あや》うくリトル・グリーン・メンが、サンドイッチの具《ぐ》になってしまうところでした。

サンドイッチタワーも崩《くず》れることなく無事《ぶじ》……のはずが、一瞬《いっしゅん》、ぐらり。

ツムたちは息《いき》をのみます。

でも、大丈夫《だいじょうぶ》。

リトル・グリーン・メンがそっと出《で》てきてくれたおかげで、大《おお》きな崩《くず》れにはなりませんでした。

やったね、大成功《だいせいこう》！

ツムたちは声《こえ》を上《あ》げて飛《と》び跳《は》ねます。

ぽとり。

おや、何《なに》かが降《ふ》ってきましたね。
これは……きゅうりのスライス……。
サンドイッチタワーから落《お》ちてきたみたいです。
……ということは。

ぐらり。

サンドイッチタワーが、静《しず》かに揺《ゆ》れています。

ぐら……ぐら……ぐらぐら……。

大変《たいへん》！

絶妙《ぜつみょう》なバランスで成《な》り立《た》っていたから、きゅうりがひとつはずれただけで、サンドイッチタワーのバランスが崩《くず》れはじめたのです。

このままではトーストとお野菜《やさい》の雪崩《なだれ》が起《お》きて大惨事《だいさんじ》。

ツムたちは、どうしていいのかわからず、ぴょんぴょん跳《は》ねながら手《て》を広《ひろ》げ、非常《ひじょう》事態《じたい》に大慌《おおあわ》て。

上《うえ》ばかり見《み》ているから、足元《あしもと》がぜんぜん見《み》えなくなってしまって、ティガーが何《なに》かにぶつかって倒《たお》してしまいました。

危《あぶ》ないから気《き》をつけて！

倒《たお》れたビンからふわっと何《なに》かが飛《と》び出《で》て、リトル・グリーン・メンに降《ふ》りかかってしまっています。

ハックション！

大《おお》きなくしゃみがリトル・グリーン・メンから飛《と》び出《だ》しました。

ティガーが倒《たお》したのはコショウのビンだったようです。

くしゃみをした瞬間《しゅんかん》、リトル・グリーン・メンは六《ろく》ツムに増《ふ》えて、サンドイッチタワーの方《ほう》へ吹《ふ》き飛《と》んでいってしまいました。

ハックション！

クション！

クション！

クション！

こしょうがいっぱいかかったせいで、リトル・グリーン・メンのくしゃみは止《と》まりません。

くしゃみをするたびに、ツムが増《ふ》え続《つづ》け、サンドイッチタワーに吹《ふ》き飛《と》ばされていきます。

リトル・グリーン・メンのツムたちは、仲間《なかま》の上《うえ》にどんどんよじのぼり、気《き》づけば、サンドイッチタワーを全員《ぜんいん》で支《ささ》え始《はじ》めました。

クショングションクショングションクションクションクションクションクショングションクション
ションクションクションクションクションクション……ふう。

止《と》まらないくしゃみがやっとしずまったのと、リトル・グリーン・メンツム集団《しゅうだん》の最後《さいご》のひとりがサンドイッチタワーのてっぺんまでたどり着《つ》いて、雪崩《なだれ》を食《く》い止《と》めたのは同時《どうじ》。

やった――――！

ツムたちは、ホッとしたと同時《どうじ》に飛《と》び上《あ》がって喜《よろこ》びました。

一時《いちじ》はダメかと思《おも》いましたが、なんとしてでも目標《もくひょう》を達成《たっせい》するツムたち、さすがです。

目標達成《もくひょうたっせい》のために頑張《がんば》りすぎてリトル・グリーン・メンを見失《みうしな》ったように、失敗《しっぱい》しちゃうこともあったけれど、あきらめなかったツムたち。

緊急事態《きんきゅうじたい》にどうしていいかわからなくなっても、一生懸命手《いっしょうけんめいて》を広《ひろ》げて、小《ちい》さな体《からだ》でサンドイッチタワーをなんとかしようと見上《みあ》げていたツムたち。

あきらめなかったからこそ、コショウのビンが倒《たお》れたトラブルだって最後《さいご》はツムたちの味方《みかた》になってくれました。

何《なに》があってもフルパワーで、元気《げんき》にぴょんぴょん跳《は》ねて、高《たか》く高《たか》く頑張《がんば》りを積《つ》み重《かさ》ねていくツムたちの誇《ほこ》らしい瞬間《しゅんかん》を、今日《きょう》もダンボが写真《しゃしん》におさめてくれますよ。

はいチーズ！

さあ、もうお腹《なか》が空《す》いて我慢《がまん》できません。
チーズっていう言葉《ことば》ですらお腹《なか》をグーグー鳴《な》らします。
みんなで、サンドイッチタワーをいただきましょう。

でも、こんなに高《たか》く高《たか》く積《つ》み上《あ》がったサンドイッチをどうやって？

むずかしい問題《もんだい》ですね……。
ひとつ目標《もくひょう》をクリアしたら、また次《つぎ》の目標《もくひょう》ですね。
頑張《がんば》れ、ツムたち！

5
モノクロームツム

みんなは机《つくえ》で何《なに》をするのが好《す》きですか？
本《ほん》を読《よ》む？
お菓子《かし》を食《た》べる？
絵《え》を描《か》く？
考《かんが》え事《ごと》をする？
お勉強《べんきょう》のふりで、消《け》しゴムを削《けず》って遊《あそ》んだりする？
集《あつ》めている大切《たいせつ》なものを、そっと見《み》たりするのかな？
今日《きょう》は、ツムたちが机《つくえ》にいるみたいです。
ちょっとのぞいてみましょう。
大《おお》きくてどっしりとした木《き》の机《つくえ》。
これでお勉強《べんきょう》をしたら、誰《だれ》でも頭《あたま》が良《よ》くなれそう。
そこでツムたちは何《なに》をしているのかな？

ミッキー、スティッチ、ティガー、ドナルド、グーフィー。
机《つくえ》の上《うえ》には男《おとこ》のロマンがあるのでしょうか。
みんな男《おとこ》の子《こ》たちですね。
あちこち探検《たんけん》して、まっさらな分厚《ぶあつ》いノートを見《み》つけたみたいですよ。
よーく見《み》ると、まっさらではありませんでした。
真《ま》っ黒《くろ》い耳《みみ》がながーい、ウサギさんが描《か》かれています。
彼《かれ》は、オズワルド・ザ・ラッキー・ラビットです！
白黒《しろくろ》で描《か》かれたオズワルドは、ひっそりとひとり、そこにいました。
ミッキーとスティッチがページをのぞき込《こ》むと、ページがぺらりとめくれました。
その次《つぎ》のページにもオズワルドが描《か》かれています。
ぺらり……ぺらり……。
次《つぎ》のページにも、またその次《つぎ》のページにもオズワルド。

ぺらりぺらりぺらりぺらりぺらぺらぺらぺらぺらぺらぺら……ページがめくられてゆく速度《そくど》がどんどん上《あ》がっていくと、そこに描《か》かれているオズワルドがパラパラマンガのように動《うご》き始《はじ》めます。

ぴょんぴょんぴょん。

オズワルドは、ノートの向《む》こうから近《ちか》づいてきて、こっちへおいでと合図《あいず》をしています。

ノートをのぞき込《こ》んでいたミッキーとスティッチは、白黒《しろくろ》のオズワルドが急《きゅう》に動《うご》き出《だ》したことにちょっぴり驚《おどろ》いて目《め》をあわせました。

でも、なんだか楽《たの》しそう。

このノートの向《む》こうはどんな世界《せかい》なのでしょう。

よーし、行《い》ってみよう。

えいっ。

オズワルドの誘《さそ》いにのり、目《め》をぎゅっとつぶって飛《と》び込《こ》んだ先《さき》は、まぶたを開《あ》けてみると、なんにもない不思議《ふしぎ》な景色《けしき》の世界《せかい》。

なんにもないって本当《ほんとう》に不思議《ふしぎ》。

だって、みんなが住《す》む世界《せかい》には、必《かなら》ず何《なに》かあるでしょう？

なんにもないと思《おも》った真《ま》っ白《しろ》のお部屋《へや》にだって、壁《かべ》や天井《てんじょう》があります。

ミッキーとスティッチは、自分《じぶん》たちの体《からだ》がいつもと違《ちが》う感《かん》じがして、手足《てあし》をプルプルッと振《ふ》ってみます。

うーん。なんだかへん。

どこが違《ちが》うのかな？

あっ、何《なに》もないと思《おも》っていたら、あんなところに大《おお》きな鏡《かがみ》が。

ミッキーは鏡《かがみ》の前《まえ》に行《い》って、全身《ぜんしん》をうつして確認《かくにん》。

ミッキーのトレードマークの真《ま》っ赤《か》なパンツに色《いろ》がありません。スティッチの体《からだ》も無色《むしょく》です。
そう。
ここは、昔《むかし》の映画《えいが》のような色《いろ》のないモノクロの世界《せかい》みたいです。
鏡《かがみ》の中《なか》の色《いろ》のないミッキーは、こっちをじっと見《み》ています。
うーん。
これはどうなっているんだろう。
色《いろ》がないだけじゃないみたい。
どこかが違《ちが》う。
何《なに》かが違《ちが》う。
プルッ、プルプル。
ミッキーは、手足《てあし》を振《ふ》って、鏡《かがみ》の中《なか》の自分《じぶん》の動《うご》きを確認《かくにん》。
鏡《かがみ》の中《なか》は、自分《じぶん》とまったく同《おな》じように動《うご》いているけれど、やっぱり何《なに》かが違《ちが》う。

スティッチは、鏡《かがみ》の向《む》こうとミッキーを見比《みくら》べてみて、目《め》をぱちくり。
あることに気《き》づいたようです。
まあるいミッキーの耳《みみ》が、鏡《かがみ》の中《なか》ではウサギの長《なが》い耳《みみ》になっていました。
細長《ほそなが》いミッキーのしっぽも鏡《かがみ》の中《なか》では丸《まる》みをおびています。
あれれ？
ミッキーは動《うご》いていないのに、鏡《かがみ》の中《なか》が勝手《かって》に動《うご》き出《だ》した。
ということは、この子《こ》は鏡《かがみ》の中《なか》のミッキーじゃない。
あ、さっきのオズワルドだ！
ミッキーとスティッチが気《き》づいた瞬間《しゅんかん》、オズワルドは背中《せなか》を向《む》けて走《はし》り出《だ》しました。
ミッキーが鏡《かがみ》を持《も》ち上《あ》げてみると、とっても軽《かる》い。
しかも、枠《わく》だけがこちら側《がわ》へパタリと倒《たお》れてきました。
まるで鏡《かがみ》をするりとすり抜《ぬ》けたようになったミッキーとスティッチ。

鏡《かがみ》だと思《おも》っていたのは、ノートの中《なか》の世界《せかい》に筆《ふで》で描《か》かれたただの四角《しかく》い枠《わく》なのでした。

オズワルドはいたずらっ子《こ》ですね。

ぴょんぴょんと跳《は》ねるその元気《げんき》な後《うし》ろ姿《すがた》を、ミッキーとスティッチは追《お》いかけていきます。

ぴょん、ぴょん、ぴょん、ぴょん、ぴょ————ん。

高《たか》く高《たか》く跳《は》ねたオズワルドは、分厚《ぶあつ》いノートから外《そと》の世界《せかい》へ、軽《かろ》やかに飛《と》び出《だ》していきました。

外《そと》の世界《せかい》を見《み》て、まんまるなオズワルドの目《め》がさらにまんまるに輝《かがや》きます。

プルッ、プルプルッ。

さっきミッキーがしたみたいに、手足《てあし》を振《ふ》って動《うご》かしてみました。

色《いろ》のなかったパンツには、きれいな青《あお》い色《いろ》。

かっこいい！

オズワルドのパンツの色《いろ》もミッキーの赤《あか》に負《ま》けないぐらい素敵《すてき》ですよ。

嬉《うれ》しそうなオズワルドに、ノートの中《なか》から飛《と》び出《だ》してきたミッキーがぴょーんとつかまりました。

戻《もど》ってきたんだね、ミッキーとスティッチ！

おっとっと。

オズワルドにしがみついたミッキーがバランスを崩《くず》しそう。

オズワルドもつられて、ぐらぐら。

おっとっと……ぐらぐら……おっとっと……ぐらっ……ぐらぐらっ……。

わー――――っ。

完全《かんぜん》にバランスを崩《くず》して、ノートの世界《せかい》に真《ま》っ逆《さか》さま。

あっという間《ま》にミッキーもオズワルドもモノクロに。

それだけではありません。
ノートのそばにあった真《ま》っ白《しろ》い修正液《しゅうせいえき》のビンが倒《たお》れて、ビシャッ！
ノートにこぼれてしまいました。
スティッチがノートの中《なか》をのぞき込《こ》むと……。
とんでもないことになっていました！
こぼれた修正液《しゅうせいえき》が、ノートの中《なか》のミッキーの耳《みみ》にかかってしまっていたのです。
大丈夫《だいじょうぶ》？　ミッキー！
大丈夫《だいじょうぶ》じゃないよね。
今度《こんど》はページが急《きゅう》にすごい速《はや》さでめくれ始《はじ》めました。
耳《みみ》の消《き》えてしまった、つるんと丸《まる》い頭《あたま》のミッキーがそこにはいます。
ミッキーは、スティッチに助《たす》けを求《もと》めてページの上《うえ》で何度《なんど》もジャンプ！
ノートの世界《せかい》からぴょーんぴょーんと、上下《じょうげ》に行《い》ったり来《き》たり。

赤《あか》いパンツのミッキーと、ノートの中《なか》のモノクロミッキーがスティッチの目《め》の前《まえ》に交互《こうご》に現《あらわ》れます。

でも、どちらのミッキーからも耳《みみ》は消《き》えてしまっているのでした。

ミッキーの大切《たいせつ》なトレードマーク、きれいなまあるい耳《みみ》を取《と》り戻《もど》さなくっちゃ。

スティッチはきょろきょろとあたりを探《さが》すと、インクの入《はい》ったビンを見《み》つけました。

急《いそ》いで筆《ふで》にたっぷりインクを染《し》み込《こ》ませて、振《ふ》り上《あ》げると、ノートの中《なか》のミッキーの頭《あたま》の上《うえ》にピシャッ！

なるほど！

ノートの中《なか》のミッキーに耳《みみ》を描《か》いてあげれば、耳《みみ》が戻《もど》るもんね。

良《よ》かった良《よ》かった。

これで耳《みみ》が戻《もど》ったね！

ん？

スティッチが、はりきって振《ふ》り下《お》ろした筆《ふで》の勢《いきお》いで、ミッキーの耳《みみ》がいつものまん丸《まる》じゃなくなりました。

へんな形《かたち》のでっかいアメーバが、ベタッとふたつくっついたようになっています。

左右《さゆう》の大《おお》きさもバラバラ。

うまくバランスがとれなくて、ミッキーは後《うし》ろにおっとっとと倒《たお》れそう。

素早《すばや》くめくれるページの中《なか》で、重《おも》そうなアメーバ耳《みみ》をふたつくっつけながらなんとかジャンプして持《も》ちこたえていますが、大変《たいへん》そう。

大《おお》きくて長《なが》い筆《ふで》を、小《ちい》さなツムたちが使《つか》いこなすのはなかなか難《むずか》しいですもんね。

スティッチが失敗《しっぱい》しちゃうのもしかたありません。

でも、なんとかしなくっちゃ。

オズワルドがミッキーを助《たす》けようと、ノートの中《なか》をぴょんぴょん跳《は》ねながらやってきて、ミッキーのアメーバ耳《みみ》をギュ――――ッと引《ひ》っぱります。

しっかりと描《か》かれたアメーバ耳《みみ》はなかなか取《と》れません。

ギュ――――ッ。

ギュギュ――――ッ。

ダメです。

スティッチは筆《ふで》をもう一度持《いちども》って、今度《こんど》は丁寧《ていねい》に丸《まる》を描《か》こうとノートに向《む》かいます。

いつものミッキーの耳《みみ》をよーく思《おも》い出《だ》してね。

スティッチは真剣《しんけん》な顔《かお》で、筆《ふで》を持《も》つ手《て》にも力《ちから》が入《はい》ります。

ノートにそうっと筆《ふで》を置《お》いて、アメーバ耳《みみ》をまあるく修正《しゅうせい》するように、グッ……グググッと筆《ふで》を動《うご》かして描《か》いていきます。

いい感《かん》じ！

カーブのところもしっかり！

グッ……グググッ……ビャアッ！

わ、派手《はで》に失敗《しっぱい》です！

隣《となり》にいるオズワルドにまで被害《ひがい》が！

なんと、ミッキーのアメーバ耳《みみ》とオズワルドのながーい耳《みみ》が真《ま》っ黒《くろ》のインクでつながってしまいました。

ギュ――――――――ッ！

ギュ――――――――ッ！

ギュギュギュギュ――――――――ッ！

ミッキーとオズワルドは必死《ひっし》に離《はな》れようとしますが、ふたりの耳《みみ》はぴったりとくっついてびくともしません。

引《ひ》っぱっても引《ひ》っぱっても、終《お》わらない綱引《つなひ》きです。

ミッキーとオズワルド、仲良《なかよ》く遊《あそ》びたくてノートの世界《せかい》に飛《と》び込《こ》んだけれど、今《いま》は離《はな》れたくってしかたがありません。

仲良《なかよ》くしたいのに、今《いま》は引《ひ》っぱり合《あ》うしかないのです。

ノートの外《そと》の世界《せかい》から見《み》ていると、仲良《なかよ》しなのか、喧嘩《けんか》しちゃってるのかわからないほどギュウギュウ引《ひ》っぱり合《あ》っています。

楽《たの》しく遊《あそ》びたかっただけなのにな。

ふたりはトラブルに見舞《みま》われただけ。

仲《なか》も悪《わる》くないし、ふたりともなんにも悪《わる》くないんです。

ただただ今《いま》は離《はな》れなくちゃならないだけ。

だから、早《はや》く耳《みみ》を元《もと》どおりにしてあげなくちゃ。

でもどうしたら……。

はっ！

ミッキーがひらめいた顔《かお》になって、ノートの中《なか》から少《すこ》しだけ顔《かお》を出《だ》すと、スティッチに向《む》かって手《て》をピョコピョコ動《うご》かしながらページの反対側《はんたいがわ》を見《み》ています。

そうだ、ページ！

スティッチは、めくれ続《つづ》けるページをえいっと反対側《はんたいがわ》にめくりました。

パラパラパラパラパラ……。

ページが逆《ぎゃく》にめくれ始《はじ》めます。

ノートの中《なか》の世界《せかい》の時間《じかん》が巻《ま》き戻《もど》されていきました。

お互《たが》いの耳《みみ》を全身《ぜんしん》で引《ひ》っぱりっこするミッキーとオズワルドがすーっと離《はな》れて、オズワルドが遠《とお》ざかり、アメーバ耳《みみ》に困《こま》ってよろよろと跳《は》ねているミッキーの耳《みみ》が、右《みぎ》、左《ひだり》、と消《き》えていきます。耳《みみ》の消《き》えたまんまる頭《あたま》のミッキーがぴょーんと何度《なんど》か跳《は》ねて、ノートの中《なか》から飛《と》び出《だ》してきました。その後《うし》ろからオズワルドも続《つづ》けてぴょーん。

ミッキーの耳《みみ》もオズワルドの耳《みみ》も元《もと》どおり。

ノートの中《なか》のページが戻《もど》され、何《なに》も描《か》かれていないまっさらな世界《せかい》に戻《もど》りました。

そう、まっさらな世界《せかい》。

さっきまでは、ちょっとした失敗《しっぱい》がきっかけでおおごとになっちゃって、なーんにも悪《わる》くないミッキーとオズワルドが、引《ひ》っぱりっこしなくちゃいけなくなっちゃった世界《せかい》でした。

でも、今《いま》は元《もと》どおりまっさらな世界《せかい》。

そのまっさらな世界《せかい》で、また一緒《いっしょ》に思《おも》いっきり遊《あそ》ぼう。

ミッキーとオズワルドは、また元気《げんき》にノートの中《なか》へ飛《と》び込《こ》んでいきました。

スティッチもわくわくしながら追《お》いかけていきます。

いいなあ。

私《わたし》たちの毎日《まいにち》も、このノートみたいに時間《じかん》が戻《もど》せたらいいのに？

大丈夫《だいじょうぶ》。

目《め》の前《まえ》で過《す》ぎていく時間《じかん》は戻《もど》せないかもしれないけれど、みんなのノートのページは戻《もど》せます。

きっと、私《わたし》たちの心《こころ》はこのノートみたいなものなのかもしれません。誰《だれ》もが最初《さいしょ》はまっさらで、たくさんの経験《けいけん》をしながら、少《すこ》しずつ色《いろ》んなものが描《えが》かれていくのでしょう。

素敵《すてき》なことばっかり描《か》きたいのに、しかられて落《お》ち込《こ》んだり、誰《だれ》かと喧嘩《けんか》をして怒《おこ》ったり。いじわるなことに巻《ま》き込《こ》まれちゃったり、誰《だれ》も悪《わる》くないのに、トラブルがあって悲《かな》しい気持《きも》ちになったり。

そんな時《とき》は、楽《たの》しいものに描《か》きなおしたり、巻《ま》き戻《もど》したり、またまっさらにしたりしていけばいいんです。

そんなことを、ミッキーとオズワルドは教《おし》えてくれた気《き》がします。

楽《たの》しいのが一番《いちばん》。

もしも楽《たの》しくない時《とき》は、ノートの中《なか》の世界《せかい》だけでも、そう、心《こころ》の中《なか》だけでも素敵《すてき》なことを考《かんが》えて、楽《たの》しく描《か》き変《か》えてしまいましょう。

でも、丁寧《ていねい》にね。

あわてもののスティッチみたいに、とんでもないものが描《か》かれてしまうかもしれません。

まあ、それも楽《たの》しいかもしれませんね。

失敗《しっぱい》したらまた描《か》きなおしましょう。

心《こころ》の中《なか》のノートに決《き》まりはありません。

何度《なんど》でも描《か》きなおしたり、まっさらにしたりできます。

素敵《すてき》な気持《きも》ちは、またいつでもどんな時《とき》でも思《おも》い出《だ》せるよう、大切《たいせつ》に残《のこ》しておくのもいいかもしれませんね。

残《のこ》しておくといえば……。

ダンボ、記念撮影《きねんさつえい》は？

どうやらダンボもノートの中《なか》に遊《あそ》びに行《い》ったみたいですよ。

ちゃんと写真《しゃしん》も撮《と》ってくれていました。

それにしても今回《こんかい》は、いつにも増《ま》して不思議《ふしぎ》な写真《しゃしん》。

そこには、モノクロノートの世界《せかい》に飛《と》び込《こ》んだ瞬間《しゅんかん》のミッキーとオズワルド、追《お》いかけてきた、半分《はんぶん》カラーで半分《はんぶん》モノクロのスティッチも写《うつ》っています。ノートの向《む》こう側《がわ》に、色《いろ》のある世界《せかい》からのぞき込《こ》むティガー、ドナルド、プーさん、グーフィーも見《み》えますね。

ノートの中《なか》と向《む》こう側《がわ》が同時《どうじ》におさめられた奇跡的《きせきてき》な瞬間《しゅんかん》です。

すごい！

ダンボ、さすがの大《だい》スクープ！

ノートの中《なか》の世界《せかい》と、外《そと》の世界《せかい》はいつだってこうやってつながっていることが証明《しょうめい》された写真《しゃしん》です。

これでみんなといつだって遊《あそ》べることがわかったね、オズワルド！

私《わたし》たちは、いつだって君《きみ》からの誘《さそ》いを待《ま》ってるよ。
だって君《きみ》は、オズワルド・ザ・ラッキー・ラビット！
こうして、みんなの心《こころ》のノートに幸《しあわ》せを連《つ》れてきてくれるウサギだから。

6
ティガーツム、大《おお》空《ぞら》へ

お花畑《はなばたけ》の前《まえ》で、ツムたちがピラミッド型《がた》に積《つ》み重《かさ》なっています。
首《くび》からカメラを下《さ》げたダンボが飛《と》んできて……。
いきますよー。
あらら、今日《きょう》はいきなり記念撮影《きねんさつえい》⁉
写真《しゃしん》だけでも見《み》せてもらうことにしましょう！
それでは改《あらた》めていきますよー。
はいチー……？
ん？
ツムたちのまわりに何《なに》か飛《と》んでいますね。
蝶《ちょう》です！
きょろきょろと落《お》ち着《つ》きがなくなってきたのがティガー。
ほらほら、ダンボがシャッターを切《き》りますからね。

じっとして。

うーん。

ティガーは、どうしても蝶《ちょう》が気《き》になるのかうずうずと動《うご》き始《はじ》めました。

ピラミッドの一番下《いちばんした》の段《だん》にいるティガーが動《うご》くと、他《ほか》のツムたちのバランスが崩《くず》れてしまいそう。

ぐらっ、ぐらぐらっ。

危《あぶ》ない危《あぶ》ない。

みんなひやひやしながらピラミッドに収《おさ》まっているのですが……。

ひらひらひら。

ぐらぐらぐらっ。

ひらひらひらひら。

ぐらぐらぐらぐらっ。

蝶《ちょう》が右《みぎ》へ左《ひだり》へ飛《と》ぶたびに、ティガーのお顔《かお》も右《みぎ》へ左《ひだり》へ。
ひらひら。
ぐらぐらっ。

ぴた！

蝶《ちょう》がティガーのお鼻《はな》にとまりました。
その瞬間《しゅんかん》、ティガはビュ――――ン！
我慢《がまん》できずに走《はし》り出《だ》しちゃった。
ピラミッドはコロコロコロンと崩《くず》れて、ツムたちはぷんぷん。
ティガーはおかまいなしに、ひらひらと飛《と》ぶ蝶《ちょう》を追《お》いかけていきます。
今《いま》のティガーには、もう蝶《ちょう》しか見《み》えていないのです。

ぴょんぴょんぴょんぴょん。

ひらひらひらひら。

ぴょんぴょんぴょんぴょん。

ひらひらひらひら。

ジャンプしてもジャンプしても、蝶《ちょう》にはなかなか届《とど》きません。

ひらひらっ。

蝶《ちょう》がさっきよりまた高《たか》く飛《と》んでいきます。

ぴょぴょーん！

ティガーも頑張《がんば》って飛《と》び上《あ》がると、急《きゅう》に足元《あしもと》がクルクルクルクルつるつるつるつるーっ。

転《ころ》がっていたサッカーボールに飛《と》び乗《の》っていたのでした。

クルつるクルつるクルつるクルつる。

ティガーは一生懸命《いっしょうけんめい》足《あし》を動《うご》かしながら、頭上《ずじょう》の蝶《ちょう》を見《み》つめて追《お》いかけていきます。

クルつるクルつるクルつるクルクルクルクルクルクルクル……。

つる――――っ！

サッカーボールが速《はや》く回転《かいてん》しすぎて、ティガーの足《あし》は追《お》いつかず、ティガーのほうがボールのように遠《とお》くへぽーんと飛《と》ばされてしまいました。

ビヨ――――――ン！

幸《さいわ》い、ぶつかったのはお花《はな》でしたが、今度《こんど》はそのお花《はな》がバネのようにしなって、ティガーはまたまた遠《とお》くに飛《と》ばされます。

ティガーは飛《と》ばされたいわけじゃないのに。

そう。

ティガーは、蝶《ちょう》みたいに飛《と》びたいのです。

そして、あの蝶《ちょう》に追《お》いつきたいのです。

なのに、さっきから飛《と》ばされてばかり。

ビュ―――――ン！

猛《もう》スピードで飛《と》ばされながら、ティガーは、おやっと思《おも》いました。

飛《と》ばされたとはいえ、自分《じぶん》が地上《ちじょう》ではなくて、今《いま》、空中《くうちゅう》にいることに気《き》づいたのです。

今《いま》なら、蝶《ちょう》みたいに飛《と》べるかも！

体《からだ》の力《ちから》を抜《ぬ》いて……自分《じぶん》に羽《はね》が生《は》えた気持《きも》ちになって……やさしくやさ～しく、ふわんふわんと体《からだ》を泳《およ》がせてみます。

ふわんふわん。

ふわんふわん。

いい感《かん》じ！

ひらひらと飛《と》べるまであと少《すこ》し？

そう思《おも》って、地上《ちじょう》に目《め》をやった瞬間《しゅんかん》、さっきぶつかったお花《はな》のまわりを蝶《ちょう》が飛《と》んでいるのが見《み》えました。

そんなところにいたんだ！

ティガーは、再《ふたた》び勇《いさ》ましい顔《かお》になってビュンッと急降下《きゅうこうか》。

あと少《すこ》しでぶつかっちゃう……ってところで、蝶《ちょう》はひらり。

華麗《かれい》にティガーをかわします。

ひらひらひらっ。

ティガーをからかうように羽《はね》をはためかせて、右《みぎ》へ左《ひだり》へ。

それをまた夢中《むちゅう》で追《お》いかけていくから、ティガーは相変《あいか》わらずぜんぜんまわりが見《み》えていません。
すぐそばにある真《ま》っ赤《か》な風船《ふうせん》のまわりを蝶《ちょう》がひらひら飛《と》んでいるのにも気《き》づかず、
ティガーはぴょんぴょんぴょん。
そのたびに、風船《ふうせん》にぶら下《さ》がっている糸《いと》が体《からだ》に巻《ま》きついていきます。
これは、何《なに》かが起《お》こってしまう予感《よかん》……。

ふわり。

ティガーの体《からだ》が浮《う》き上《あ》がりはじめました。
風船《ふうせん》の糸《いと》に巻《ま》きつけられて、ふわりふわりと風船《ふうせん》に引《ひ》っぱられます。
それに気《き》づいたミッキーとプルートが慌《あわ》てて追《お》いかけてジャンプ！
あと少《すこ》し……。

惜《お》しい！

お次《つぎ》は、プーさん、イーヨー、スティッチ、ドナルド、ペリーが積《つ》み重《かさ》なります。

てっぺんにいるペリーが、精一杯《せいいっぱい》しっぽを立《た》ち上《あ》げてつかまれと言《い》わんばかりに伸《の》ばした瞬間《しゅんかん》、ティガーの鼻《はな》をさわさわさわっ。

ハックシュン！

ティガーが六《ろく》ツムに増《ふ》えました。

でも、風船《ふうせん》の糸《いと》に巻《ま》きつけられたティガーを残《のこ》して、みんな落下《らっか》。

引《ひ》き続《つづ》きティガーはふわりふわりと空《そら》に近《ちか》づいていきます。

地上《ちじょう》では、プルートとグーフィーが、ティガーを助《たす》けられそうなものを探《さが》し回《まわ》り、風船《ふうせん》の束《たば》を見《み》つけました。

とりあえず、なんでも使《つか》ってみよう！

うなずきあうと、縛《しば》り付《つ》けてあった風船《ふうせん》をほどき、ぱあっと空《そら》に放《はな》ちます。

ねえ？

でも、それを使《つか》って、ティガーはどう降《お》りてくるの？

地上《ちじょう》に降《お》りてくるには、もっと力強《ちからづよ》いものじゃないと……。

空中《くうちゅう》では、たくさんの風船《ふうせん》がふわふわとティガーを囲《かこ》み始《はじ》めました。

まわりが見《み》えなくなって、ティガーはますますどうしていいかわかりません。

自分《じぶん》を取《と》り囲《かこ》む大《おお》きな風船《ふうせん》の壁《かべ》に全身《ぜんしん》で体当《たいあ》たりをしまくっても、小《ちい》さなティガーツムにはどうすることもできず、胸《むね》の中《なか》が不安《ふあん》でいっぱい……。

いっぱい？

胸《むね》の中《なか》が？

いっぱい？

胸《むね》の中《なか》が？

いっぱい？

いっぱい……？

このいっぱいの風船《ふうせん》はどうして飛《と》べるんだろう？

風船《ふうせん》の中《なか》に何《なに》かがいっぱい入《はい》っているから？

いっぱい考《かんが》えて考《かんが》えて、ティガー！

ティガーの胸《むね》の中《なか》にはいっぱいの不安《ふあん》ではなくて、いっぱいの何《なに》を取《と》り込《こ》めばここから飛《と》び出《だ》せる？

？　？　？　？　？

まるで風船《ふうせん》みたいな形《かたち》の「？」がティガーの中《なか》でいっぱいになって……。

！

はじけたかと思《おも》うと、不安《ふあん》でいっぱいだった顔《かお》に、キラリとひらめきが浮《う》かびます。

この胸《むね》に必要《ひつよう》なのはいっぱいの「勇気《ゆうき》」だ！

ボボボンッ！

ティガーは、超《ちょう》ビッグツムに変身《へんしん》！

胸《むね》にいっぱい勇気《ゆうき》を膨《ふく》らませて、自信《じしん》のついたずっしり大《おお》きな体《からだ》に思《おも》いっきり力《ちから》を入《い》れると、ビューーーンと急降下《きゅうこうか》！

心配《しんぱい》そうに下《した》で待《ま》っていたツムたちもそれに気《き》づいて、慌《あわ》ててピラミッドを作《つく》ります。

風船《ふうせん》よりもビッグな、超《ちょう》ビッグツムのティガーがピラミッドのてっぺんにボンッ！とっても頭《あたま》でっかちなピラミッドが完成《かんせい》したところで、ティガーの耳《みみ》からプシューッと空気《くうき》が一気《いっき》に抜《ぬ》けました。

ホッとしちゃったんだね。

あらあら、ティガー、まだ風船《ふうせん》とつながっていますよ！

糸《いと》をはやく解《ほど》いて。

ふわふわふわ〜っと、ティガーが再《ふたた》び浮《う》き上《あ》がった瞬間《しゅんかん》、ダンボがパシャリ！

気《き》づけば、すぐ後《うし》ろに蝶《ちょう》も写《うつ》っています。

ピラミッドはへんな形《かたち》になっちゃったけど、ツムたちらしい、いい写真《しゃしん》。

でも、ティガー、はやく降《お》りてきて！

そのままどこまでもどこまでも飛《と》んでいったら……いえ、行《い》ってもきっと大丈夫《だいじょうぶ》。

今《いま》のティガーは、胸《むね》の中《なか》を勇気《ゆうき》でいっぱいにする方法《ほうほう》を知《し》っています。

やんちゃですぐにまわりが見《み》えなくなるティガーだけど、叶《かな》えたい目標《もくひょう》があればいくらでも走《はし》っていけるのもティガーの良《よ》さ。

ティガー、どうしても蝶《ちょう》に追《お》いつきたくて空《そら》を飛《と》びたくて走《はし》っていったんだもんね。

だからこそ知《し》ることができた胸《むね》いっぱいの「勇気《ゆうき》」です。

みんなも、目標《もくひょう》に向《む》かって頑張《がんば》っている時《とき》、もしもまわりが見《み》えなくなって失敗《しっぱい》しちゃって、ティガーみたいに不安《ふあん》でいっぱいになったら、深呼吸《しんこきゅう》をして、そのあとは「勇気《ゆうき》」をたっぷり注《そそ》いで膨《ふく》らませてみてね。

コツは、ティガーの超《ちょう》ビッグツムを想像《そうぞう》すること。

ティガーよりもっともっとビッグに膨《ふく》らませてもいいんですよ。

ティガーが風船《ふうせん》よりも膨《ふく》らんだみたいにね。

目標《もくひょう》は高《たか》く高《たか》く。

大《おお》きく大《おお》きく。

ボボボボボボボボンッ！

みんなの胸《むね》の中《なか》が、いっぱいの勇気《ゆうき》で膨《ふく》らんで、その奥《おく》にある素敵《すてき》な目標《もくひょう》がビューンと叶《かな》いますように。

7

ツムツム式《しき》四《し》季《き》

今《いま》、みんながいる季節《きせつ》はいつ？
春《はる》？　夏《なつ》？　秋《あき》？　冬《ふゆ》？
ツムがいる季節《きせつ》は夏《なつ》みたいです。
ピンとしたみずみずしい葉《は》っぱをたっぷりしげらせた木《き》が、さわさわと揺《ゆ》れています。
それにしても大《おお》きな木《き》。
小《ちい》さなツムたちは、この大《おお》きな木《き》で何《なに》をするのでしょう。
木登《きのぼ》り？　お昼寝《ひるね》？　かくれんぼ？
ぴょん。
プーさんが現《あらわ》れました。
あれれ。
よーく見《み》ると、この木《き》、なんだかちょっと様子《ようす》が違《ちが》うような……。

これは、床《ゆか》に敷《し》き詰《つ》められた大《おお》きな大《おお》きな画面《がめん》です。

床《ゆか》が全面《ぜんめん》、映画館《えいがかん》のスクリーンのようになっているのでした。

じゃあ、この木《き》は映像《えいぞう》なのですね。

揺《ゆ》れる葉《は》っぱも、がっしりとした枝《えだ》もその向《む》こうの青空《あおぞら》も、全部本物《ぜんぶほんもの》みたい。

ぴょん、ぴょん、ぴょん、ぴょん。

プーさんが葉《は》っぱの上《うえ》に飛《と》び乗《の》ってみると、ピンポンパンポンと軽《かろ》やかな音《おと》がして、色《いろ》が黄色《きいろ》く変化《へんか》します。

プーさんの色《いろ》にそっくりな黄色《きいろ》です。

ミッキーとティガーは顔《かお》を見合《みあ》わせて、ぴょこぴょこと走《はし》っていくと葉《は》っぱに飛《と》び乗《の》りました。

ピン、ピン、ポン、ピン。

ミッキーが葉《は》っぱに飛《と》び移《うつ》るたびに音《おと》がして、今度《こんど》は赤《あか》く変化《へんか》していきました。

飛《と》び乗《の》ったミッキーのパンツの色《いろ》は赤《あか》。
なるほど！
飛《と》び乗《の》ったツムの色《いろ》に変《か》わる葉《は》っぱなのですね。
ポン、ピン、ピン、ポン。
ティガーが飛《と》び乗《の》った葉《は》っぱは、次々《つぎつぎ》にオレンジがかったティガー色《いろ》に。
ん？
もしかしてこれは……。
ミッキーはきょろきょろして、はっと気《き》づきました。
紅葉《こうよう》です。
季節《きせつ》は、気《き》づけば秋《あき》になっていたんですね。
あたたかい色《いろ》に変化《へんか》した葉《は》っぱたちが、さらさらと音《おと》を立《た》てて揺《ゆ》れています。
心《こころ》はあたたかくなる色《いろ》なのに、吹《ふ》いてくる風《かぜ》は少《すこ》しひんやりかわいています。

風《かぜ》？

足元《あしもと》の世界《せかい》は、映像《えいぞう》のはずだったのに、いつの間《ま》にかツムたちの目《め》の前《まえ》には壮大《そうだい》な景色《けしき》が広《ひろ》がっていました。

むこうには、連《つら》なる山々《やまやま》。

走《はし》り回《まわ》りたくなるほどの広《ひろ》い広《ひろ》い丘《おか》の上《うえ》には、さっきまで映像《えいぞう》のなかにあった木《き》がどっしりと一本《いっぽん》。

この世界中《せかいじゅう》をじっと守《まも》っているようにさえ見《み》える、本当《ほんとう》に立派《りっぱ》な木《き》。

枝《えだ》には、赤《あか》や朱色《しゅいろ》、黄色《きいろ》やオレンジに変化《へんか》した美《うつく》しい葉《は》っぱたち。青空《あおぞら》の下《もと》で優《やさ》しい風《かぜ》に揺《ゆ》れていて、いつまでも眺《なが》めていたくなります。

ツムたちは、静《しず》かにその光景《こうけい》を見《み》つめていました。

こんなふうに美《うつく》しい景色《けしき》を見《み》ると、どうしておしゃべりが止《と》まるのでしょう。

どうして心《こころ》が静《しず》かになるのでしょう。

どうして胸《むね》がきゅうっとなるのでしょう。
どうしてほんの少《すこ》しだけさびしくなるのでしょう。
どうして息《いき》をふうっと吐《は》きたくなるのでしょう。
どうして誰《だれ》かに見《み》せたくなるのでしょう。

どうして？

答《こた》えを出《だ》せないうちに、季節《きせつ》は移《うつ》り変《か》わっていきます。
朱色《しゅいろ》の葉《は》が、一枚《いちまい》、ひらりひらりと落《お》ちてきました。
オラフがぴょんぴょんと近《ちか》づいて見上《みあ》げると、顔《かお》の上《うえ》に落《お》ち葉《ば》がひらり。
ハックション！
大《おお》きなくしゃみが出《で》ると、オラフが六《ろく》ツムに！

くしゃみの振動《しんどう》に誘《さそ》われ、木々《きぎ》の葉《は》っぱもさらりさらりとたくさん落《お》ちて、地面《じめん》がきれいに染《そ》まります。

でも、木《き》は葉《は》っぱが落《お》ちて裸《はだか》になってしまいました。

秋《あき》の終《お》わりです。

オラフは嬉《うれ》しそうに木《き》に飛《と》び乗《の》ると、枝《えだ》の上《うえ》をコロコロコロコロ。

すると、オラフが通《とお》ったあとには、そう……雪《ゆき》。

真《ま》っ白《しろ》なオラフの色《いろ》の雪《ゆき》が現《あらわ》れました。

ぴょん、ぴょん、ぴょん。

ツムたちも、枝《えだ》の上《うえ》でジャンプ。

みんなが跳《は》ねるたびに、キン、コン、カンと氷《こおり》の楽器《がっき》を叩《たた》くようなきれいな音《おと》がして、雪《ゆき》が生《う》まれます。

コロコロコロ、キンコンカン。

コロコロコロ、キンコンカン。

リズミカルな音《おと》が鳴《な》り響《ひび》き、あたりは真《ま》っ白《しろ》の雪景色《ゆきげしき》に。

冬《ふゆ》がやってきました。

雪《ゆき》が生《う》まれ、木《き》が真《ま》っ白《しろ》に包《つつ》まれていくと、心《こころ》まで白《しろ》く柔《やわ》らかい雪《ゆき》で包《つつ》まれて、なんだか優《やさ》しい気持《きも》ちになります。

冷《つめ》たい雪《ゆき》のはずなのに、心《こころ》はあたたかい。

ツムたちが見《み》せてくれる景色《けしき》は不思議《ふしぎ》です。


……ふわり。


空《そら》からも、真《ま》っ白《しろ》な雪《ゆき》がふわふわと舞《ま》い降《お》りてきました。

気《き》づけば一面《いちめん》の雪景色《ゆきげしき》。

嬉《うれ》しそうなツムたちです。

中《なか》でも、ティガーは大喜《おおよろこ》び。

声《こえ》を上《あ》げながら丘《おか》をビューンとすべって、ぴょんぴょんぴょん！

笑顔《えがお》で跳《は》ねていくと、そこにはぷるぷるぷると震《ふる》えるピンク色《いろ》のふたり組《ぐみ》。

ピグレットとエンジェルは、寒《さむ》いのが苦手《にがて》なんだね。

ハックション！

ふたりがくしゃみをすると、雪《ゆき》がぶわんっと全部《ぜんぶ》飛《と》び散《ち》ってしまいました。

木《き》の上《うえ》には、ピグレットとエンジェルがいっぱい！

くしゃみで増《ふ》えちゃったんだね。

まるで、木《き》に咲《さ》いたピンク色《いろ》のお花《はな》みたい。

ミッキーとオラフが目《め》をぱちくりさせていると、ピグレットとエンジェルがコロココロコロ。

ふたりが転《ころ》がったところから桜《さくら》の花《はな》が咲《さ》き始《はじ》めました。
ぴょんぴょんぴょん、コロコロコロ。
ぴょんぴょんぴょん、コロコロコロコロ。
たくさんのピグレットとエンジェルが、枝《えだ》をピンク色《いろ》に嬉《うれ》しそうに染《そ》めていきます。
桜《さくら》は満開《まんかい》。
ふわ――――っ。
あたたかい風《かぜ》がどこからともなく吹《ふ》いてきたかと思《おも》ったら、ダンボです。
その風《かぜ》は、ダンボのはばたく耳《みみ》が吹《ふ》かせてくれていたのですね。
ピンク色《いろ》の花《はな》びらが舞《ま》い上《あ》がり、ツムたちの下《もと》へ躍《おど》りながら降《ふ》ってきました。
春《はる》の到来《とうらい》です。
ツムたちは、ただただ静《しず》かに桜《さくら》の木《き》を見《み》つめました。
どんなことを思《おも》っているのでしょう？

それは、ツムたち自身《じしん》にもわからないのかもしれないですね。

美《うつく》しい景色《けしき》を見《み》た時《とき》に映《うつ》し出《だ》される心《こころ》の中《なか》の景色《けしき》は、いつだってこの手《て》ではつかめません。

だからといって言葉《ことば》で説明《せつめい》しようとしたら、なんだか大切《たいせつ》な気持《きも》ちがスッと消《き》えてしまいそうです。

美《うつく》しい景色《けしき》は、わからないことだらけ。

でも、わからないから、「美《うつく》しい」以外《いがい》に言葉《ことば》で説明《せつめい》できないから、いつまでも見《み》ていたいのかもしれません。

こたえを探《さぐ》る旅《たび》が、きっと楽《たの》しいのですから。

さあ、景色《けしき》がまた移《うつ》りかわってしまいますよ。

いつまでも見《み》つめていられないのが、めぐりくる四季《しき》です。

舞《ま》い散《ち》る花《はな》びらに囲《かこ》まれながら、桜《さくら》に見《み》とれていたダンボにミッキーが合図《あいず》をします。
さあ、桜《さくら》が散《ち》ってしまわないうちに！
ダンボがカメラをかまえ、ツムたちは満開《まんかい》の桜《さくら》を背《せ》に……。
パシャリ。
今日《きょう》もツムたちに、いい思《おも》い出《で》ができました。
こうして、思《おも》い出《で》の中《なか》には、いつだって四季《しき》があります。
季節《きせつ》はあっという間《ま》に過《す》ぎていくけれど、楽《たの》しい時《とき》、寂《さび》しい時《とき》、嬉《うれ》しい時《とき》、辛《つら》い時《とき》、
どんな時《とき》も、四季《しき》を大切《たいせつ》にすれば、きっと大切《たいせつ》な思《おも》い出《で》ができます。
どんな時《とき》も、ずーっと後《あと》になって思《おも》い出《だ》したら、全部全部《ぜんぶぜんぶ》輝《かがや》いていますよ。
だから、今《いま》は、全力《ぜんりょく》で楽《たの》しんで！
ツムたちが見《み》せてくれた季節《きせつ》は、そんなことを教《おし》えてくれたような気《き》がします。

8

折《お》り紙《がみ》どうぶツム園《えん》

空《そら》もたかーく芝生《しばふ》もあおーい広々《ひろびろ》とした気持《きも》ちになる場所《ばしょ》で、ツムたちは、今日《きょう》も元気《げんき》に、ぴょんぴょん動《うご》き回《まわ》っています。

折《お》り紙《がみ》で動物園《どうぶつえん》を作《つく》るんですって。

芝生《しばふ》の上《うえ》には、青《あお》や水色《みずいろ》の折《お》り紙《がみ》が敷《し》かれていて、青《あお》い青《あお》い湖《みずうみ》が。

その上《うえ》では、白鳥《はくちょう》が泳《およ》いでいます。

すいーっ、すいーっ。

あれれ？

折《お》り紙《がみ》でできた白鳥《はくちょう》なのに、なぜ動《うご》くのでしょう。

好奇心旺盛《こうきしんおうせい》なお年頃《としごろ》、子猫《こねこ》のマリーが首《くび》をかしげてよーく見《み》てみると、白鳥《はくちょう》の下《した》にはベイマックスが隠《かく》れていました。

なーんだ。

ベイマックスが操《あやつ》っていたんだね。

マリーは、面白《おもしろ》くてぴょんぴょんと跳《は》ねました。

マリー、今日《きょう》もリボンがおしゃれですね。

おっと、そんなことを言《い》っている場合《ばあい》ではありません。

向《む》こうからものすごい勢《いきお》いで、サイが走《はし》ってきます。

近《ちか》くで見《み》たくなったマリーが追《お》いかけていくと、サイはゾウにぶつかりそうになりました。

ゾウはダイナミックに前足《まえあし》と鼻《はな》を上《あ》げて、今《いま》にもパオーンと聞《き》こえてきそう。

折《お》り紙《がみ》ゾウの中《なか》に隠《かく》れていたのは？

グーフィーとドナルド。

ドナルドが思《おも》いっきりジャンプして、サイをいかくしていたんですね。

さて、いかくされたサイはというと、くるりん一回転《いっかいてん》して角《つの》が地面《じめん》に刺《さ》さってしまいました。

逆立《さかだ》ちした折《お》り紙《がみ》サイの足《あし》の間《あいだ》にはさまってお腹《なか》を空《そら》に見《み》せているのは？

ティガーでした。

マリーは、またまたぴょんぴょん跳《は》ねて嬉《うれ》しそう。

でも、すぐに興味《きょうみ》は別《べつ》のところへ移《うつ》ったのか、走《はし》り出《だ》します。

子猫《こねこ》は気《き》まぐれ。

ティガーはサイの足《あし》の間《あいだ》から降《お》りたくて、むぎゅむぎゅっと動《うご》きましたが、マリーは気《き》づかずに向《む》こうのほうできれいなお花《はな》を見《み》つけて喜《よろこ》んでいます。

子猫《こねこ》は無邪気《むじゃき》。

このお花《はな》も折《お》り紙《がみ》でできているみたいですね。

マリーは、近《ちか》くにあった折《お》り紙《がみ》の中《なか》から、自分《じぶん》のリボンと同《おな》じピンク色《いろ》を選《えら》んで自《じ》分《ぶん》でも作《つく》ってみることにしました。

三角《さんかく》に折《お》って……また三角《さんかく》に折《お》って……えっと……うーん……わからないな。

マリーが悩《なや》んでいると、ベイマックスが時代劇《じだいげき》のお侍《さむらい》さんみたいにササササッと現《あらわ》れて、あざやかな手《て》つきで折《お》り紙《がみ》を折《お》り始《はじ》めました。

目《め》にも止《と》まらぬ早《はや》さなのに、とっても丁寧《ていねい》。

その姿《すがた》は、お琴《こと》の音《おと》でも聞《き》こえてきそうなぐらいのびしっとしたかっこよさ。

折《お》り紙《がみ》といえば日本《にほん》の素敵《すてき》な文化《ぶんか》です。

立《た》ち振《ふ》る舞《ま》いから、ザ・ジャパンにしてくるあたり、ベイマックスさすがです。

マリーが瞬《まばた》きを数回《すうかい》する間《あいだ》に、きれいな折《お》り紙花《がみばな》がひとつ、芝生《しばふ》の上《うえ》に咲《さ》きました。

ミニーちゃんもやってきて一緒《いっしょ》に大喜《おおよろこ》び。

女《おんな》の子《こ》はやっぱり、きれいでかわいいものが好《す》きですものね。

さて、向《む》こうでは何《なに》か準備《じゅんび》が整《ととの》ったようですよ。

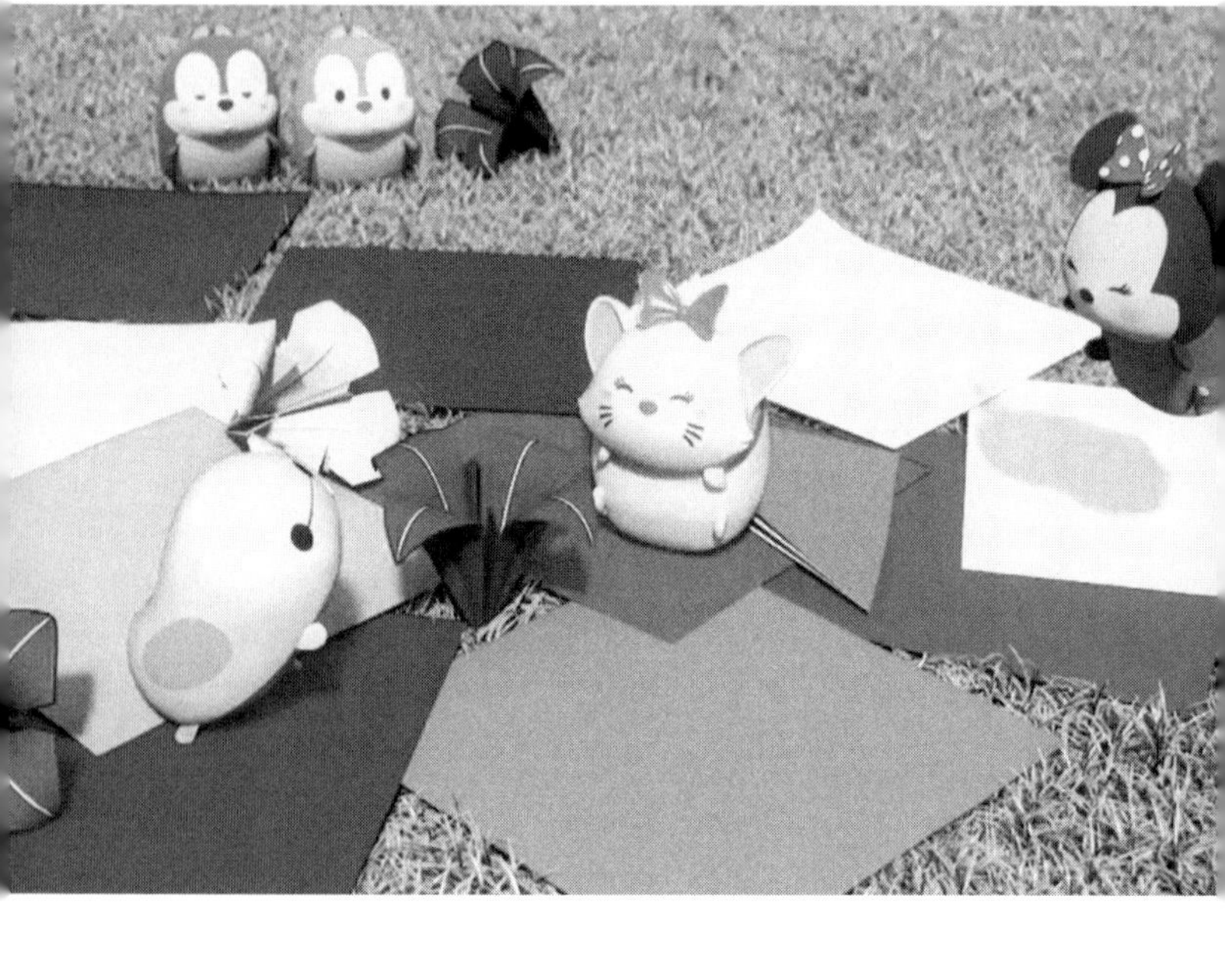

ミッキーとプルートが、大《おお》きな紙飛行機《かみひこうき》を用意《ようい》してみんなを呼《よ》んでいます。
ではツムたち、急《いそ》いでご搭乗下《とうじょうくだ》さい。

今《いま》、そこでツムを見《み》てくれているあなたもですよ。

この紙飛行機《かみひこうき》には、みんなのハートものっけることができるんですって。
準備《じゅんび》はいいですか？
ミッキーとベイマックスとマリーとミニーは、大張《おおは》り切《き》りでもう乗《の》り込《こ》んでいます。
さあ、みんなも急《いそ》いで乗《の》って下《くだ》さい！
でも、この紙飛行機《かみひこうき》、どうやって飛《と》ばすのでしょう。
飛行機《ひこうき》の前方両《ぜんぽうりょう》サイドには、地面《じめん》に刺《さ》さった二本《にほん》の枝《えだ》。
そこには輪《わ》ゴムが引《ひ》っかけられています。

その輪《わ》ゴムを、力《ちから》いっぱいビヨビヨビヨッと引《ひ》っぱりながら後《うし》ろに下《さ》がっていくチップとデール。

全身《ぜんしん》に力《ちから》を入《い》れながら、プルプル震《ふる》えて頑張《がんば》っています！

これは大変《たいへん》な力仕事《ちからしごと》！

引《ひ》っぱってきた輪《わ》ゴムを、紙飛行機《かみひこうき》の後《うし》ろに無事《ぶじ》引《ひ》っ掛《か》けました。

可愛《かわい》くってたよりになるチップとデールです。

紙飛行機《かみひこうき》の後方《こうほう》には、ビッグツムになったプルート。

輪《わ》ゴムの力《ちから》で今《いま》にも飛《と》び出《だ》しそうな紙飛行機《かみひこうき》を支《ささ》えながらギュギュギュッと引《ひ》っぱって力《ちから》をたくわえると、ビッグツムを一気《いっき》にしぼませてプルートが乗《の》り込《こ》み、その勢《いきお》いでビュンッ！

紙飛行機《かみひこうき》は、勢《いきお》いよく空《そら》に飛《と》び立《た》っていきました。

風《かぜ》をきり、きれいなカーブを描《えが》いて高《たか》く高《たか》くビュイ────ン。

お次《つぎ》は低《ひく》くビュビューン。

折《お》り紙《がみ》のお花《はな》がカラフルにいっぱい咲《さ》いているすぐそばには、折《お》り紙《がみ》ゾウがパオーーン！　ドナルドとグーフィーが手《て》を振《ふ》りながら跳《は》ねています。

折《お》り紙《がみ》ティガーサイも、紙飛行機《かみひこうき》に負《ま》けじと駆《か》け回《まわ》っていますよ。

紙飛行機《かみひこうき》はくるんと逆《さか》さまになりながらひるがえって、太陽《たいよう》の光《ひかり》の下《した》でキラリ。ツムたちと、みんなのハートをのせてどこまでも飛《と》んでいきそう。

いけないいけない、大切《たいせつ》なことを思《おも》い出《だ》しましたよ。

ツムたちは一斉《いっせい》に手《て》を振《ふ》り始《はじ》めました。

記念撮影《きねんさつえい》です！

ダンボが追《お》いかけてきて、紙飛行機《かみひこうき》よりちょっぴり高《たか》く飛《と》び上《あ》がると、パシャリ！

笑顔《えがお》のツムたちと、地上《ちじょう》からは、折《お》り紙《がみ》ゾウとドナルド、グーフィー、折《お》り紙《がみ》サイとティガーも！

もちろん、こうして今《いま》、ツムたちと一緒《いっしょ》に紙飛行機《かみひこうき》の旅《たび》をしているあなたのハートも写《うつ》っていますよ。

え？

目《め》には見《み》えないですって？

でも写《うつ》っているんです。

ほら、目《め》の前《まえ》にツムたちがいない時《とき》でも、思《おも》い出《だ》したらその姿《すがた》はみんなの中《なか》に思《おも》い浮《う》かぶでしょう？

見《み》えないのに不思議《ふしぎ》ですよね。

それと同《おな》じです。

この写真《しゃしん》を見《み》ると、みんなの姿《すがた》がツムたちの中《なか》にも思《おも》い浮《う》かぶんですって。

次《つぎ》の記念撮影《きねんさつえい》にも、一緒《いっしょ》に写《うつ》ってくれるかな？

本当《ほんとう》に？

本当《ほんとう》に本当《ほんとう》に？

もしかしたら……この後《あと》はこっそり隠《かく》れておいたほうが良《よ》さそうなことを、今《いま》のうちにそっとアドバイスしておきますね。

では、皆《みな》さん、ご無事《ぶじ》で！

9

肝《きも》試《だめ》しツム試《だめ》し

ランランラン。

ぴょんぴょんぴょん。

ランランラン。

ぴょんぴょんぴょん。

ミッキーとミニーが、月《つき》あかりの下《した》で、嬉《うれ》しそうにデートです。

ランランラン。

ぴょんぴょんぴょん。

ランラン……。

ミッキーは、ふと、足《あし》を止《と》めてあたりを見渡《みわた》しました。

急《きゅう》に雲《くも》が月《つき》あかりをさえぎり、おまけに霧《きり》が立《た》ち込《こ》めてきてすぐ目《め》の前《まえ》さえも見《み》えなくなってしまいました。

今《いま》まで隣《となり》にいたミニーの姿《すがた》が、どこにあるのかわかりません。

不安《ふあん》になって、走《はし》り出《だ》してしまったのかも。

ミッキーを呼《よ》ぶ声《こえ》が遠《とお》くで聞《き》こえる気《き》がしますが、風《かぜ》がざわざわと吹《ふ》いてきて、木々《きぎ》の音《おと》でよくわかりません。

でも、大切《たいせつ》な人《ひと》の声《こえ》は、きっとわかる！

ミッキーは信《しん》じて進《すす》むと、気《き》づけばなぜか墓地《ぼち》にいました。

見上《みあ》げると、暗《くら》がりに浮《う》かび上《あ》がる羽根《はね》の生《は》えた天使《てんし》……ではなく……牙《きば》を向《む》けた何《なに》かが……

グワ―――――ッ！

ミッキーに向《む》けて、目《め》を真《ま》っ赤《か》に光《ひか》らせていました。

ミッキーは叫《さけ》び声《ごえ》を上《あ》げて走《はし》り出《だ》し、木《き》の根《ね》っこの陰《かげ》に身《み》を隠《かく》します。

さっきのはなんだったんだろう……。

あれは……あれはきっと、デビル。

ミッキーはゾッとしながらも、ここなら安全《あんぜん》と、木《き》の根《ね》っこに背中《せなか》を預《あず》けて、ひと息《いき》つきました。

ひゅるひゅるひゅるひゅる〜。

苦《くる》しそうな風《かぜ》の音《おと》に、木《き》がきしむ音《おと》がギリギリと交《ま》ざって、ミッキーをどんどん不《ふ》安《あん》にさせます。

風《かぜ》の音《おと》みたいに胸《むね》の中《なか》がざわざわして、ゆっくりゆっくり振《ふ》り返《かえ》ると……。

ギャ――――――!

ギザギザの口《くち》をギラギラと光《ひか》らせた枯《か》れ木《き》モンスターが、枝《えだ》を角《つの》のように生《は》やしてミッキーを見下《みお》ろしていました。
今《いま》にも噛《か》みついてきそう！
身《み》を隠《かく》していた木《き》の根《ね》は、枯《か》れ木《き》モンスターの足《あし》だったのかもしれません。
ケケケケケケケ。
不気味《ぶきみ》な笑《わら》い声《ごえ》が微《かす》かに聞《き》こえました。
笑《わら》い声《ごえ》の主《ぬし》は？
紫《むらさき》の襟《えり》に紫《むらさき》のまぶた、黒《くろ》い角《つの》に黒《くろ》いマント……彼女《かのじょ》は……。
魔女《まじょ》のマレフィセント！
木《き》の上《うえ》で、何《なに》をたくらんでいるの？
今度《こんど》は、向《む》こうで別《べつ》の誰《だれ》かの笑《わら》い声《ごえ》がします。
キヒヒヒヒヒヒ。
さっきの枯《か》れ木《き》モンスターの中《なか》から聞《き》こえてきますね。

顔《かお》を出《だ》したのは、ピンクと白《しろ》のシマシマ模様《もよう》の……。

チェシャ猫《ねこ》！

ニヤニヤッと笑《わら》いながら、チェシャ猫《ねこ》が枯《か》れ木《き》の中《なか》の紐《ひも》を引《ひ》っぱると、どこにでもある普通《ふつう》の電球《でんきゅう》につながっていて、カチャリと消《き》えます。

さっきの大《おお》きな光《ひか》る口《くち》は、その電球《でんきゅう》のせいだったのですね。

チェシャ猫《ねこ》は満足《まんぞく》げにうなずいて、マレフィセントと目《め》を合《あ》わせると走《はし》り出《だ》しました。

マレフィセントもたくみにロープを使《つか》って、木《き》から木《き》へ移動《いどう》していきます。

ミッキーは、怖《こわ》いことが次《つぎ》から次《つぎ》に起《お》こるので、何《なに》が起《お》きているのかわからないまま、ただただ走《はし》りました。

その先《さき》には、ミニー！

ミッキーを探《さが》してマンホールの上《うえ》で声《こえ》を上《あ》げているところを、やっと見《み》つけることができました。

よかった！

ホッとしながらも、急《いそ》いでミニーのもとへたどり着《つ》いた瞬間《しゅんかん》……。

ゴゴゴゴゴゴゴッ……。

マンホールがにぶい音《おと》を立《た》てて、真《ま》ん中《なか》から裂《さ》けていきます。

ミッキーとミニーは驚《おどろ》いて声《こえ》を上《あ》げている間《あいだ》にも、少《すこ》しずつ離《はな》れ離《ばな》れに。

近《ちか》づこうとしますが、マンホールの下《した》には煮《に》えたぎる溶岩《ようがん》が煙《けむり》を上《あ》げていました。

陰《かげ》では、チェシャ猫《ねこ》が大《おお》きなハンドルを全力《ぜんりょく》でギリギリ。

このマンホールもチェシャ猫《ねこ》が操《あやつ》っていたのですね。

何《なに》も知《し》らないミッキーとミニーが逃《に》げ出《だ》すと、そろそろ私《わたし》の出番《でばん》ねと言《い》わんばかりにマレフィセントがボタンをカチッと押《お》して、先回《さきまわ》りしました。

真《ま》っ暗闇《くらやみ》に浮《う》かび上《あ》がるマレフィセントの顔《かお》。

毒《どく》を混《ま》ぜたような緑色《みどりいろ》のライトに照《て》らされて、紫色《むらさきいろ》のまぶたとつり上《あ》がった眉毛《まゆげ》、冷《つめ》たい目《め》つきがなおいっそう強《つよ》く引《ひ》き立《た》ちます。

さっきカチッと入《い》れていたのは、この毒色《どくいろ》ライトのスイッチだったのですね。

そんなこととも知《し》らず、ミッキーとミニーは飛《と》び上《あ》がって逃《に》げていきました。

ズゴゴゴゴ！

ふたりが行《ゆ》く先《さき》で、地面《じめん》が嫌《いや》な音《おと》をたてています。

気《き》をつけて！

ズバ―――ン！

土《つち》の中《なか》から大《おお》きな手《て》がふたつ飛《と》び出《だ》して、ミッキーとミニーはもう走《はし》ることさえ限《げん》界《かい》！　転《ころ》がるようにして逃《に》げていきました。

物陰《ものかげ》には、釣《つ》りざお片手《かたて》にニヤニヤニヤッと笑《わら》うチェシャ猫《ねこ》！

マレフィセントも嬉《うれ》しそうに体《からだ》を震《ふる》わせて笑《わら》い、ふたりはハイタッチでジャンプジャンプ。

キキャキャキャキャキャキャキャ！

あら？

どこからか別《べつ》の笑《わら》い声《ごえ》がしますよ。

マレフィセントとチェシャ猫《ねこ》は、ぴたりと止《と》まって耳《みみ》を澄《す》ませました。

ぽこっ……ぽこぽこっ……。

墓石《ぼせき》の並《なら》ぶ隙間《すきま》の土《つち》が盛《も》り上《あ》がって動《うご》きます。

まだ何《なに》か仕《し》掛《か》けていたっけ……とマレフィセントがチェシャ猫《ねこ》を見《み》ても、首《くび》を振《ふ》ります。

ぽこっ……ぽこぽこぽこっ……。

ズバ――――――――ンッ!
ズババ――――――――――――――――ンッ!
土《つち》が音《おと》を立《た》てて飛《と》び散《ち》り、大《おお》きな手《て》がするどい爪《つめ》を光《ひか》らせ、マレフィセントとチェシャ猫《ねこ》の前《まえ》に突《つ》き出《で》てきました。

ふたりは、闇夜《やみよ》を引《ひ》き裂《さ》きそうなほどの叫《さけ》び声《ごえ》で飛《と》び上《あ》がり、後《うし》ろも振《ふ》り返《かえ》らずに逃《に》げていきました。

あら……。

そんなに驚《おどろ》かなくても大丈夫《だいじょうぶ》ですよ。

実《じっ》は、ふたりの決定的《けっていてき》な瞬間《しゅんかん》を押《お》さえた記念撮影写真《きねんさつえいしゃしん》があります。

見《み》てみましょう。

驚《おどろ》いて飛《と》び上《あ》がるふたりの後《うし》ろには……。

茶色《ちゃいろ》い体《からだ》に小《ちい》さくて丸《まる》い目《め》、ちょっと面白《おもしろ》い形《かたち》のピンク色《いろ》の鼻《はな》。口《くち》はほんのり笑顔《えがお》。

もぐらさんです。

みんなが騒《さわ》いでいたから、気《き》になって出《で》てきちゃったんだね。

マレフィセントもチェシャ猫《ねこ》も、ミッキーとミニーに肝試《きもだめ》しなんかしかけるからこんなことになるんですよ。

怖《こわ》いいたずらを思《おも》いつく天才《てんさい》は、自分《じぶん》が一番怖《いちばんこわ》がりだからこそ、誰《だれ》かを驚《おどろ》かせる才《さい》能《のう》があるのかもしれませんね。

でも、なぜふたりはこんなことをしたのでしょう。

かなり一生懸命準備《いっしょうけんめいじゅんび》を進《すす》めないと、誰《だれ》かをこんなにたくさん驚《おどろ》かすことはできません。

デビルの石像《せきぞう》を置《お》いたり、木《き》をくりぬいてモンスター仕立《じた》てにしてから電球《でんきゅう》をしかけたり、自分《じぶん》をライトアップする派手《はで》なステージを用意《ようい》したり、マンホールの下《した》に溶《よう》岩《がん》みたいなドロドロの液体《えきたい》をしかけたり、土《つち》を掘《ほ》って手《て》の形《かたち》をしたおもちゃを仕込《しこ》んで、闇夜《やみよ》に釣《つ》りざおをかまえて待《ま》ったり。

とってもおおがかりで大変《たいへん》そう。

でも、ふたりはきっとわくわく頑張《がんば》って準備《じゅんび》をしたんでしょうね。

まるで、誰《だれ》かを喜《よろこ》ばせるサプライズを頑張《がんば》る人《ひと》みたいに。

マレフィセントもチェシャ猫《ねこ》も、きっと素直《すなお》じゃないだけ。

本当《ほんとう》は、ミッキーやミニーと一緒《いっしょ》に遊《あそ》びたかっただけなのかもしれません。

いたずらっ子《こ》やちょっと怖《こわ》そうに見《み》える人《ひと》の心《こころ》を、こうして想像《そうぞう》してみると、もうちょっと知《し》りたいな、気《き》になるなって思《おも》うことがあるかもしれませんね。最後《さいご》は仲良《なかよ》くなりたくなったりして。

もし、マレフィセントとチェシャ猫《ねこ》とちょっと遊《あそ》んでみたいなと思《おも》ったあなた。

ミッキーやミニーになったつもりで、この『肝試《きもだめ》しツム試《だめ》し』を最初《さいしょ》から、もう一《いち》度《ど》読《よ》んでみてね。

ふたりがいたずらを仕《し》掛《か》けるたびに「わ――っ」とか「ぎゃ――っ」とか「びっくりした――」とか「こわ――い」なんて言《い》って、一緒《いっしょ》にスリルを楽《たの》しんでみて下《くだ》さい。

マレフィセントとチェシャ猫《ねこ》にとっては、それがみんなと仲良《なかよ》くしている楽《たの》しい時《じ》間《かん》そのものなのです。

ちょっとかわっているけれど、それが友達《ともだち》のしるし。

仲良《なかよ》く遊《あそ》べたら、その続《つづ》きは、いつか夢《ゆめ》に出《で》てくるかも？

あなただけのための、サプライズいたずらを仕掛《しか》けてくれるかもしれません。

今夜《こんや》は、ドキドキしちゃいますね。

いい夢《ゆめ》が見《み》られますように。

ケケケケケケケ。

キヒヒヒヒヒヒ。

10

ツムの蛍《ほたる》ミネーション

ミッキーとベイマックスが夜《よる》の芝生《しばふ》の上《うえ》で、こんばんは。

今日《きょう》は静《しず》かな夜《よる》ですね。

そこへふわふわと小《ちい》さな小《ちい》さな光《ひかり》が、聞《き》こえないぐらいの小《ちい》さな小《ちい》さな羽《はね》の音《おと》をたててやってきました。

蛍《ほたる》です。

こんばんは、蛍《ほたる》さん。

ベイマックスは、挨拶《あいさつ》がわりにふうっと蛍《ほたる》に息《いき》を吹《ふ》きかけました。

ふわふわふわ〜っ。

蛍《ほたる》は気持《きも》ちよさそうにくるりと飛《と》んで、ミッキーの背中《せなか》にとまりました。

むこうからまた一匹《いっぴき》、蛍《ほたる》が幻想的《げんそうてき》な光《ひかり》を灯《とも》らせてふわりと飛《と》んできました。

今度《こんど》は、ミッキーがふうっと息《いき》を吹《ふ》きかけます。

蛍《ほたる》はベイマックスの背中《せなか》にとまって、ふわんふわんと優《やさ》しく光《ひか》ります。

蛍《ほたる》のこの光《ひかり》は何色《なにいろ》と言《い》ったらいいのでしょう。

緑《みどり》？　黄色《きいろ》？　黄緑《きみどり》？

電気《でんき》の光《ひかり》や、太陽《たいよう》の光《ひかり》とも違《ちが》う、不思議《ふしぎ》な色《いろ》をしています。

ミッキーとベイマックスの背中《せなか》から、ふわりと蛍《ほたる》が飛《と》び立《た》ちました。


上《うえ》を見《み》て。


その光《ひかり》は、そう知《し》らせているように見《み》えました。

ミッキーが見上《みあ》げると、そこには、蛍《ほたる》の仲間《なかま》たちがいました。

お友達《ともだち》に会《あ》わせてくれたことに嬉《うれ》しくなったミッキーは、ちょっとでも蛍《ほたる》たちの近《ちか》くに行《い》きたくてボンッとビッグツムに変身《へんしん》。

みんな、こんばんは。

ミッキーは、ふうっと蛍《ほたる》たちに息《いき》を吹《ふ》きかけました。

小《ちい》さな小《ちい》さな風《かぜ》が起《お》こります。

蛍《ほたる》たちはくるりと空《そら》に舞《ま》い上《あ》がりながら、気《き》持《も》ちよさそうに光《ひか》りました。

ベイマックスもボンッ。

ビッグツムに変身《へんしん》！

ミッキーとベイマックスは向《む》かい合《あ》ってうなずくと、ふたりそろってふうっと風《かぜ》を吹《ふ》かせます。

さっきより、さらに心地《ここち》のいい夜風《よかぜ》がさわさわさわっと吹《ふ》きました。

キラふわキラふわ。

風《かぜ》に乗《の》って、いっせいにたくさんの蛍《ほたる》たちが夜空《よぞら》に舞《ま》い上《あ》がります。

蛍《ほたる》のお友達《ともだち》はこんなにいたんだね。

みんなと仲良《なかよ》くなりたいなあ。

ミッキーとベイマックスは思《おも》いました。

キラふわキラふわキラふわキラふわ。

気《き》持《も》ちが通《つう》じたのか、蛍《ほたる》たちは優《やさ》しく光《ひか》りながら舞《ま》い降《お》りてくると、ミッキーとベイマックスにとまりました。

蛍《ほたる》たちの光《ひかり》にふちどられたビッグミッキーツムとビッグベイマックスツムは、夜空《よぞら》の下《した》、全身《ぜんしん》がふわキラと光《ひか》ります。

とっても優《やさ》しい光《ひかり》。

懐《なつ》かしいような、初《はじ》めて出会《であ》ったような、瞳《ひとみ》があたたまるような光《ひかり》です。

心《こころ》の中《なか》が光《ひか》ったらこんな色《いろ》なのかもしれませんね。

おやおや、蛍《ほたる》の光《ひかり》を全身《ぜんしん》にまとったミッキーとベイマックスに気《き》づいたミニーとドナルド、プーさんがぴょんぴょんとやってきました。

みーんな嬉《うれ》しくなっちゃってビッグツムに変身《へんしん》。

蛍《ほたる》たちは、ミニーとドナルドとプーさんにもキラふわととまります。

こうなったら、みんなでみんなが楽《たの》しくなることをしちゃいましょう。

わくわくしながら、それではツムたち、せいれ――つ。

ベイマックスを先頭《せんとう》にその後《うし》ろにミッキーが続《つづ》き、上《うえ》にはミニーが乗《の》ります。

ミニーの背中《せなか》がさらにキラふわと光《ひか》ると、大《おお》きなちょうちょの羽《はね》が生《は》えました。蛍《ほたる》たちが踊《おど》りながらみんなで羽《はね》の形《かたち》になってくれたのです。

ミッキーとミニーの後《うし》ろからは、ドナルドとプーさんが続《つづ》きます。

蛍《ほたる》たちは息《いき》をあわせて光《ひか》ったり消《き》えたりしながら、ドナルドとプーさんをミツバチのお尻《しり》みたいにシマシマチカチカと飾《かざ》りました。

蛍《ほたる》とツムたちのキラふわツムツムパレードです。

光《ひかり》に誘《さそ》われてぴょんぴょんとやってきた、チップとデール、デイジーとプルートも大喜《おおよろこ》び。

ぴょんぴょん跳《は》ねて手《て》を振《ふ》りながらパレードを盛《も》り上《あ》げます。

蛍《ほたる》ってほんとにきれいだな。

もっともっと近《ちか》くで見《み》たいな。

デールがそばを飛《と》ぶ光《ひかり》を見上《みあ》げると、蛍《ほたる》の羽《はね》が鼻《はな》をふわっと触《さわ》って、くしゅん！

デールツムがぴょぴょぴょぴょぴょぴょぴょんぴょんと六《ろく》ツムに増《ふ》えた勢《いきお》いで、パレードめがけて飛《と》んでいきました。

ぼよーんと当《あ》たった瞬間《しゅんかん》、ビッグツムたちは驚《おどろ》いてぴゅん、ぴゅんぴゅんぴゅんとみーんな小《ちい》さくなってしまいました。

その瞬間《しゅんかん》、いっせいに蛍《ほたる》たちが空《そら》へ舞《ま》い上《あ》がります。

ふわキラふわキラ……。

蛍《ほたる》たちは、夜空《よぞら》へ向《む》かって飛《と》んでいきました。

ふわキラふわキラふわキラふわキラ……。

そよ風《かぜ》が蛍《ほたる》たちを夜空《よぞら》の向《む》こうに連《つ》れていってしまうかのよう。

追《お》いかけたいけれど、蛍《ほたる》は高《たか》く高《たか》く飛《と》んでいき、ツムたちには到底届《とうていとど》きません。

まるでみんなお星様《ほしさま》になってしまうみたいだなあ。

ツムたちは、優《やさ》しい光《ひかり》で胸《むね》がいっぱいになりながら空《そら》を見上《みあ》げました。

せっかく仲良《なかよ》くなったのに。

蛍《ほたる》たちが遠《とお》ざかっていくと、さびしい気持《きも》ちで今度《こんど》は胸《むね》がしぼんでしまいそうになり、しゅん。

楽《たの》しい時間《じかん》が終《お》わるのは、あっという間《ま》。

ずーっと一緒《いっしょ》にいられたらいいのに。

ツムたちは足元《あしもと》を見《み》つめて、パレードの終《お》わりにしょんぼり。

ねえねえ、空《そら》を見《み》て。

ダンボが飛《と》んできてツムたちに何《なに》か知《し》らせています。

うわあ。
そこには、夜空《よぞら》にふわキラと浮《う》かぶ大《おお》きな大《おお》きなミッキーとベイマックスの顔《かお》。
蛍《ほたる》たちが、友達《ともだち》になったしるしにみーんなで光《ひか》って描《か》いてくれたのです。
それを見《み》つめていたら、心《こころ》の中《なか》が蛍《ほたる》の光《ひかり》みたいにキラふわと輝《かがや》いている気《き》がして、
ツムたちは嬉《うれ》しくて飛《と》び跳《は》ねました。
ダンボがやってきて、その瞬間《しゅんかん》をパシャリ。
ありがとう、蛍《ほたる》たち。
言葉《ことば》をかわさなくても、心《こころ》の光《ひかり》でお話《はなし》ができることを、蛍《ほたる》たちは教《おし》えてくれました。
楽《たの》しい時間《じかん》が終《お》わっても、大丈夫《だいじょうぶ》。
元気《げんき》でね。
またね。
誰《だれ》もがそうやってバイバイするけれど、心《こころ》の中《なか》には一緒《いっしょ》に過《す》ごした時間《じかん》が蛍《ほたる》の光《ひかり》の

ようにキラふわと明《あ》かりを灯《とも》して、みんなの顔《かお》を明日《あした》も笑顔《えがお》にしてくれますよ。
だから、元気《げんき》でね。
またね。
今《いま》、その心《こころ》の中《なか》にある大切《たいせつ》な光《ひかり》を目印《めじるし》に、また会《あ》いましょう。

Shogakukan Junior Bunko

★小学館ジュニア文庫★
ディズニーツムツムの大冒険 ～ハラハラ！ジェットコースター～

2018年２月26日　初版第１刷発行

著者／橋口いくよ
監修／ウォルト・ディズニー・ジャパン株式会社

発行人／立川義剛
編集人／吉田憲生
編集／大野康恵

発行所／株式会社　小学館
〒101-8001　東京都千代田区一ツ橋２－３－１
電話　編集　03-3230-5105
販売　03-5281-3555

印刷・製本／大日本印刷株式会社

デザイン／マンメイデザイン
校正／玄冬書林

Printed in Japan　ISBN 978-4-09-231218-0